Ingibjörg Hjartardóttir

Die dritte Bitte

ROMAN

Aus dem Isländischen
ins Deutsche übertragen
von Elena Teuffer
und Walter Laufenberg

SALON *Literatur*VERLAG

SALON *Literatur*VERLAG

1. Auflage 2007

Umschlagmotiv: Fa. Layln, München
Titelbild:
www.Layln.de
Druck: Printed in Germany

SALON *Literatur*VERLAG
Westner & Gschwendtberger GbR
80687 München
Willibaldstraße 6
www.SALONLiteraturVERLAG.de
E-Mail: info@SALONLiteraturVERLAG.de

ISBN 978-3-939321-15-6

Für Ragnar

Ingibjörg Hjartardóttir

Die isländische Erzählerin, Dramatikerin und Übersetzerin aus dem Schwedischen und Englischen wurde 1952 im Tal Svarfathardalur in Nord-Island geboren und wuchs dort auf einem Bauernhof auf.

Ursprünglich Lehrerin, zog sie 1978 mit Mann und Kind für fünf Jahre nach Schweden, wo sie Bibliothekswesen studierte und danach an der Universitätsbibliothek sowie der Stadtbibliothek Stockholm arbeitete.

Mit einem Kind mehr zog sie 1984 nach Island zurück und begann zu schreiben. In Reykjavik gründete sie die Theatergruppe „Hugleikur" und wurde deren erste Dramenschreiberin. Bald schrieb sie auch für die Stadttheater Reykjavik und Akureyri sowie für das Hörspieltheater des Isländischen Rundfunks.

Siebenmal hat sie das offizielle Autoren-Stipendium des Staates Island bekommen. Im Jahre 1999 wurde sie zur Stadtkünstlerin von Reykjavik ernannt. Zwei ihrer Dramen siegten in Dramatiker-Wettbewerben und wurden bei Theater-Festivals in Norwegen, auf den Färöern und in Litauen gezeigt. Im Jahre 2001 zog sie in das Tal ihrer Kindheit zurück, wo sie jetzt an ihrem dritten Roman arbeitet.

DIE DRITTE BITTE

Die Originalausgabe erschien 2005 unter dem Titel
Þriðja bónin
Saga móður hans
bei SALKA in Reykjavik, Island

Da ist sie.

Ich sah sie sofort, als ich auf den Marktplatz kam. Es besteht überhaupt kein Zweifel. Sie ist es. Genau an der Stelle, die Hrafn mir beschrieben hat. Sie sitzt auf einem Stuhl vor dem Eingang zu ihrem Verkaufsstand an der rechten Seite des Brunnens, in ihr Stricken vertieft. Ich habe das Caféhaus Captain Cook sofort gefunden, wo er gesessen und die Fotos gemacht hat. Es liegt direkt gegenüber von ihrem Zelt, auf der anderen Seite der Straße. Da sitze ich jetzt an einem Tisch und beobachte sie. Sie hat sich nicht verändert, scheint in all diesen Jahren nicht gealtert zu sein. Sie scheint so alt wie ich, aber ich weiß, dass sie fünfzehn Jahre älter ist. Ich betrachte die Fotos, die Hrafn geknipst hat. Er muss sie von dem selben Tisch aus aufgenommen haben, an dem ich jetzt sitze. Sie könnten auch heute gemacht worden sein. Sie sieht noch genauso aus. Eine kleine, blasse, schlanke Frau in grauen Kleidern und mit einem Strohhut auf dem Kopf, der das Haar verbirgt. Sie strickt ohne Unterbrechung. Ist ganz in ihrer eigenen Welt, wiegt ihren Oberkörper ein wenig vor und zurück, hält einen bestimmten Takt ein und bewegt ihre Lippen bei jeder Masche, als ob sie zählen würde: Eins, zwei, drei, vier, fünf, sechs ... ich zähle mit ihr weiter ... achtzehn, neunzehn, zwanzig. Dann legt sie die Nadeln ab, verteilt die abgestrickten Maschen auf der rechten Nadel, schiebt die vordersten Maschen auf der linken Nadel zusammen und beginnt wieder von vorne. Nichts bringt sie aus dem Takt, außer vielleicht die Sonne, der es ab und zu gelingt, sie mit ihren Strahlen unter dem Zeltdach zu kitzeln. Dann rückt sie mit ihrem Stuhl ein kleines Stückchen zur Seite, bis sie wieder im Schatten ist.

Jetzt schaut sie auf und guckt in Richtung Sonne, als ob sie schätzen wollte, wieviel Zeit schon vergangen ist. Sie legt ihr Strickzeug beiseite und steht auf. Ihr Kleid, oder besser gesagt, ihr schnittloses Gewand, erinnert an ein Nachthemd. Sie dreht den Kopf vorsichtig hin und her und macht Dehnübungen für Nacken und Schultern. Sie beugt sich vornüber und lässt ihren Kopf zwischen den herabfallenden Armen hängen. Sie richtet sich wieder auf, hebt die Schultern an die Ohren und entspannt sie wieder. Sie dehnt den Brustkorb, indem sie die Schulterblätter zusammenzieht. Schwingt die Arme vor und zurück, beschreibt mit ihnen große Kreise, ballt ihre Fäuste und streckt die Finger im Wechsel aus. Diese Gymnastikübungen wiederholt sie ein paar Mal. Dann verschwindet sie ins Zelt. Kommt mit einem Rucksack wieder hervor. Sie zieht ein paar Strickpullover heraus und hängt sie auf die Stange, an der das Zeltdach befestigt ist. Danach nimmt sie sich eine Flasche Wasser und gießt sich ein Glas ein. Jetzt setzt sie sich wieder auf ihren Stuhl, hält das Wasserglas in ihren Händen und starrt mit leerem Blick vor sich hin, während sie hin und wieder einen Schluck aus dem Glas trinkt.

Thórhildur Hrafnsdóttir.

Auf diesem Marktplatz sitzt sie schon seit sieben Jahren. Das Zelt, in dem sie den Tag verbringt, steht am Ende einer langen Zeltreihe auf dem Platz. Jedes Zelt wird mit einer Plane in zwei Verkaufsstände geteilt. Der vorletzte Stand, der neben Thórhildur, ist gerade frei. Und auf einem Schild steht, dass er zu vermieten sei.

Der Marktplatz liegt mitten in der Stadt. An die hundert Stände, wo man alles bekommt, was man sich nur wünschen kann. Überall ist Leben. Hier kaufen die Touristen ein, die auf die Insel strömen und den Nationalpark mit den Vulkanen besuchen. In einer Touristenbroschüre lese ich, dass an dieser Stelle die erste Siedlung entstanden ist. Heute ist dies hier eine neue Stadt, die mehr oder weniger in den letzten hundert Jahren erbaut wurde. Hässlich und stillos. Das habe ich gestern schon gesehen, als ich mit dem Flugzeug über sie hinweggeflogen bin. Als ob sie in aller Eile aus dem Boden gestampft worden wäre, ohne dass man sich um das Stadtbild gekümmert hat. Kleine, heruntergekommene Hütten, wild verstreut zwischen riesigen Glasbauten. Kein einheitliches Bild. Nichts, was einen begeistern könnte, vielleicht mit Ausnahme des Marktplatzes. Jedes Haus, das ihn begrenzt, ist in einem anderen Stil erbaut. Zusammen bilden sie einen merkwürdig zusammengewürfelten Kranz. In der Mitte des Platzes befindet sich ein großer, behäbiger Brunnen, aus dem Wasser tröpfelt. Fließendes Wasser ist hier auf der Insel eine Kostbarkeit, lese ich in der Broschüre. Die Insel besteht hauptsächlich aus Lava. Das darüber liegende Erdreich zieht so viel Wasser, dass man hier kein Oberflächenwasser finden kann, außer an den wenigen Stellen, wo es Quellen gibt. Der Brunnen markiert solch eine Stelle. Ein alter Kupferbrunnen mit eingeprägten Verzierungen, der Stolz aller Stadtbewohner. Der Platz hatte sich ursprünglich um ihn herum gebildet. Ein reicher Entdecker hatte den Brunnen anfertigen lassen und den Inselbewohnern geschenkt. Er ist eine Nachahmung der Marktbrunnen, die in europäischen Städten seit dem Mittelalter üblich sind. Er beißt sich stilistisch mit allem, was es dort gibt, und gehört überhaupt nicht in diese Stadt oder auf diese Insel.

Genauso wenig wie Thórhildur.

Sie ist aufgestanden und zu dem alten Mann gegangen, der mir aufgefallen war, als ich begann, dem Treiben auf dem Marktplatz zuzusehen. Ein uralter, schwarzer Mann mit einem Strohbesen, der ununterbrochen das

Gebiet um den Brunnen herum fegt. Sie unterhalten sich kurz, woraufhin ihr der Mann zum Stand folgt und beginnt, eine große Pfütze am Zelteingang wegzufegen. Die Pfütze hat sich dort im Regen der letzten Nacht gebildet und konnte noch nicht verdunsten, denn es ist früher Vormittag. Der alte Mann sieht irgendwie seinem Strohbesen ähnlich, verstrubbelt und abgearbeitet. Er gehört auf diesen Platz.

Ich habe eine Idee und beginne sofort, sie in die Tat umzusetzen. Ich rufe zu dem Mann hinüber, als er alles Wasser weggefegt hat. Er schaut auf und sieht mich. Ich bedeute ihm zu kommen. Er zögert, wirft einen Blick über die Schulter, als wolle er sich vergewissern, ob ich eventuell jemand anderen gerufen habe. Ich gebe ihm noch deutlichere Zeichen, und er kommt zu mir. Ich frage ihn nach dem leeren Stand neben Thórhildur. Er sagt mir, wenn ich Interesse daran hätte, ihn zu mieten, solle ich mich an die Stadtverwaltung wenden, und zeigt auf die hohe, nur aus Fenstern bestehende Fassade auf der anderen Seite des Platzes, hinter den Marktständen.

Es ist kurz nach neun Uhr morgens, und ich bin wiedergekommen, habe aber jetzt alle meine Sachen mitgebracht. Sie ist zu der Zeit bereits an ihrem Platz. Wie gestern auch sitzt sie auf ihrem Stuhl unter dem Zelthimmel und strickt. Sie scheint sich durch nichts stören zu lassen, aber ich merke doch, dass sie mich wahrgenommen hat und mich heimlich beobachtet. Ich möchte sie nicht gleich ansprechen. Habe sie auch nicht gegrüßt, als ich gekommen bin. Noch nicht einmal zu ihr hinüber geguckt habe ich.

Ich nehme mir reichlich Zeit beim Einrichten meines Standes. Stelle den Tisch weg, der zu jedem Marktstand gehört. Hole den schwarzen Stoff hervor, den ich im Handarbeitsgeschäft gekauft habe, und beginne, das Zelt von innen und außen auszukleiden. Als ich die Tür verhänge, komme ich Thórhildur sehr nahe und wundere mich, wie jung sie für ihr Alter aussieht. Ihr Gesicht ist völlig faltenfrei, und ihre strickenden Hände sind weiß und glatt. Ich gehe ins Zelt und hole meine Kristallkugel. Gehe damit hinaus, hebe sie in Augenhöhe und betrachte meine Umwelt durch sie hindurch. Das mache ich absichtlich sehr auffällig.

„Bist du eine Wahrsagerin?“ Doch es ist nicht Thórhildur, die fragt, sondern eine Frau, die mit einer

Schubkarre voller Schnittblumen vorbeikommt. Sie bleibt stehen und begrüßt mich herzlich, und heißt mich auf dem Marktplatz willkommen. Sie fragt, woher ich komme, und da ich nicht mehr lügen möchte als nötig, sage ich, dass ich aus dem Osten bin. Ich bemerke, dass Thórhildur uns zuhört. Ich kann nicht besonders gut Englisch und übertreibe noch mein Unvermögen, um meine Herkunft zu verschleiern. Nutze den russischen Akzent, den ich vor vielen Jahren gelernt habe, als ich einmal eine russische Großmutter im Laientheater gespielt habe.

„Ich verkaufe Blumen“, sagt sie. „Und das ist mein Stand.“ Sie zeigt auf ein Zelt an meiner anderen Seite und lädt mich ein hereinzukommen. „Hier auf dem Platz nennen mich alle die Blumenfrau. Wir benutzen keine Namen.“ Sie deutet mit einem leichten Nicken auf Thórhildur. „Sie verkauft Pullover, deshalb nennen wir sie die Pulloverfrau. Der, der vor dir hier war, hat Jeans verkauft. Der Jeansmann.“

Und dann beginnt sie, mir von ihm zu erzählen.

Von dem kleinen, dicken, glatzköpfigen Mann, der sie am ehesten an eine Buddhastatue oder einen kleinen Sumoringer erinnerte. Er aß den ganzen Tag nur Pizza. Sie zeigt auf eine Pizzabäckerei auf der anderen Straßenseite, neben Captain Cook, wo ich gestern gesessen habe. Dorthin ging er mehrmals am Tag, um sich eine heiße, frischgebackene Pizza zu holen. Sie kann sich nicht erinnern, ihn einmal ohne Pizza gesehen zu haben. Und er hatte immer den Mund voll und kaute. Sogar, wenn er damit beschäftigt war, eine Jeans zu verkaufen. Dann hatte er in der einen Hand sein Pizzastück und in der anderen die Hose, die er seinem Kunden unter die Nase hielt. Er war ständig außer Atem. Er atmete immer asthmatisch, und wenn es bei ihm viel zu tun gab, das heißt, wenn er mehrere Jeans innerhalb kurzer Zeit verkaufte, schnaufte er besonders viel und der Schweiß rann an ihm herunter. Aber dann starb er. Er wurde ganz plötzlich aus dem Dasein gerissen. Ein Mann, der eine Jeans kaufen wollte, hatte ihn entdeckt, wie er hinter der Theke in seinem Zelt lag. Er erschrak ganz fürchterlich und rief ängstlich um Hilfe. Sie reagierten schnell, sie und die Pulloverfrau. Und obwohl die Pulloverfrau eigentlich nicht viel redete und sich selten zu den Leuten auf dem Marktplatz gesellte, erklärte sie ihn umgehend, sogar bevor sie den Puls fühlte, für tot. Wahrscheinlich bekam er einen Herzinfarkt. Ihr selbst kam es so vor, als würde er schlafen. Wie er da so auf dem Zeltboden lag, mit einem Pizzastück in der Hand und vollem Mund. Sie wollte einen Arzt holen, aber die Pulloverfrau sagte, das sei nicht nötig. Statt dessen nahm sie ein Paar Jeans von einem Stapel von der Theke, faltete sie zusammen und legte sie dem Toten unter den Kopf, holte einen ihrer Pullover und breitete ihn über ihn aus. Dann schob sie ihren Stuhl zu ihm und saß strickend bei ihm, bis die Leiche abgeholt wurde.

Das ist vor einer Woche passiert. Der Jeansmann hat vermutlich nichts mit der Geschichte zu tun, um die es mir hier geht und für die ich die lange Reise hierher angetreten habe. Aber da sein Tod dazu führte, dass ich den Stand neben Thórhildur bekommen habe, ist er vielleicht das erste Glied in der Kette der Erkenntnisse, die ich suche.

Ich trenne die Naht in der Mitte der Zeltwand, die unsere beiden Stände voneinander trennt, ein Stückchen auf. So kann ich sie aus dem Inneren des Zeltes beobachten. Sie sitzt in ihrem Zelteingang. Ich betrachte sie von hinten und von der Seite. Sie strickt. Zwanzig Maschen schiebt sie auf der Stricknadel weiter und beginnt von vorne.

Jeder ist seines Glückes Schmied. Oder besser – jeder ist der Schmied seines Unglücks. Hier sitzt sie schon jahrelang und strickt. Was sie wohl gerade denkt? Nichts? Sie wirkt auf mich, als ob ein großer Frieden über ihr liegen würde. Als ob sie einen Friedensvertrag mit der Zeit geschlossen hätte. Als sie erkannt hat – und ich bin sicher, dass sie es schnell erkannt hat –, dass die Zeit (diese unbestimmte Endlosigkeit, die die meisten ihr ganzes Leben lang, koste es, was es wolle, festhalten möchten), für sie nichts anderes war als das Warten auf nichts, da hat sie wohl beschlossen, die Zeit vor sich aufzustellen und sie in Atome zu zerlegen. Damit hat sie diesen Frieden gefunden, der dort im Zelteingang von ihr ausgeht, leicht durch das Zelt schwebt, sich unter der Plane hindurch in meinen Teil schleicht und mich gefangen nimmt.

Eine lange Haarsträhne hat sich unter dem Strohhut gelöst und hängt hinter dem Ohr herunter, auf der

Seite, die mir zugewandt ist. Sie ruht auf ihrer Schulter und reicht bis auf das Schulterblatt. Nach dieser einen Strähne ist zu vermuten, dass sie dickes Haar hat, aber die Farbe ist nicht eindeutig. Farblos, vielleicht mit einem leicht roten Stich. Diese Frau scheint völlig in sich zu ruhen, zufrieden mit dem Lebensrahmen, den sie sich geschaffen hat. Sie wirkt wie eine Kuh am Gatter. Kühe im Nieselregen und dem beißenden Nordwind, die den ganzen Tag am Zaun ausharren. Bewegungslos. Bis jemand kommt, ihnen das Gatter öffnet und sie in den Stall lässt. Oder die Pferde, die sich mit ihren Hinterteilen dem Schneesturm zuwenden. Vielleicht sogar tagelang. Denkt sie nichts, wie diese Tiere nichts denken, während sie warten? Doch sie warten nicht einmal. Sie existieren einfach.

Sie zuckt die Achseln, seufzt und strickt weiter. Ich kann beinahe ihre Gedanken hören: Ich lebe, während das Herz in meiner Brust schlägt. Ich lebe, bis ich sterbe.

Ich brauche mich nicht über Langeweile zu beklagen. Zelte von Wahrsagerinnen haben schon immer eine gewisse Anziehungskraft gehabt. Gleich am ersten Morgen kamen die Leute. Zuerst standen die Verkäufer aus den Ständen bei mir an, die zu Beginn des Tages wenig zu tun hatten. Dann sprach es sich herum, dass eine Wahrsagerin auf den Markt gekommen ist. Und gegen Mittag hatte sich eine lange Warteschlange gebildet. Daher konnte ich Thórhildur wenig beobachten, außer wenn ich ihr zwischendurch einen Blick durch den Spalt der Zeltplane zuwarf. Ich sah immerhin, dass sie einen Pullover verkaufte. Sie ist von allen Verkäufern die einzige auf dem Markt, die sich nicht von mir hat wahrsagen lassen. Sie hat ihre Vergangenheit gelebt und die Zukunft abgeschaltet. Die Blumenfrau bemerkt mein Interesse an ihr und ist eifrig dabei, mir portionsweise Informationen zukommen zu lassen. „Siehst du“, sagt sie und weist mit dem Kopf in ihre Richtung: „Heute ist der Tag des ersten Ärmels.“

Bei ihr vergehen die Tage in Maschen, Reihen und Pullovern. Sie braucht genau eine Woche, um einen Pullover zu stricken, egal wie groß er ist, egal, ob es sich um einen Kinder- oder Erwachsenenpullover handelt. Am Montagsmorgen nimmt sie Maschen auf, ist am Mittwochnachmittag unter den Achseln angekommen, strickt auf beiden Seiten bis zum Hals am Donnerstag und Freitag, die Ärmel am Samstag, und am Sonntagvormittag und am -nachmittag strickt sie den Halsausschnitt, näht die Teile zusammen und vernäht die Fadenenden. Jeder Tag auf dem Platz vergeht streng nach diesem Muster. Die Leute in den anderen Ständen wurden schnell darauf aufmerksam und begannen, ihre Zeit nach ihrem Strickrhythmus zu messen.

„Was, ist sie schon unter den Armen? Dann habe ich eine Maschine in der Wäscherei gebucht." Oder: „Sie nimmt die Maschen für den zweiten Ärmel auf. Dann kommt bald der Gemüsehändler." Oder: „Sie hat das Bündchen am Kragen fertig. Dann kommen die Kinder gleich aus der Sonntagsschule."

Heute strickt sie den ersten Ärmel. Es ist Samstag.

Sie ist die Zeit in Person.

Hrafn war bereits sterbenskrank, als er zu mir auf die Station kam. Ihm fielen schon sämtliche Bewegungen schwer, aber sein Verstand war noch klar. Unglaublich klar, gemessen daran, wie krank er war. Trotzdem erkannte er mich nicht. Am Anfang sah ich darüber hinweg, bereute das später aber, denn ich war eine seiner treuesten Bewunderinnen. Es ist erst wenige Jahre her, dass ich die Ehre hatte, kurz vor Weihnachten auf einer Lesereise durch die Westfjorde zusammen mit ihm aufzutreten. Jetzt war er schon fast blind, und seine Stimme war bereits sehr brüchig. Er bekam selten Besuch. Er sagte mir, dass er keine anderen Verwandten habe als die Leute aus dem Norden. Sie kamen, so oft sie konnten. Am meisten besuchte ihn seine Pflegemutter, die er Sóley nannte. Für mich war sie die alte Frau. Aber das war, bevor ich sie kennengelernt und erfahren hatte, dass sie erst knapp über 50 war. Sie kam einmal im Monat in die Stadt und blieb für ein paar Tage. Sie saß bei ihm und las ihm etwas vor. „Romane und Gedichte, aber doch meistens Gedichte. Die Romane ermüden ihn zu sehr", sagte sie.

Eines Tages, als ich ins Krankenzimmer kam, las sie ihm aus meinem Gedichtband vor. Als sie gegangen war, fand ich, dass ich keine andere Wahl hatte, als mich ihm vorzustellen. Obwohl seine Augen geschlossen waren, sah ich, wie sein Interesse erwachte.

„Ich wusste gar nicht, dass Krankenpflegerinnen auch Dichter sind“, sagte er.

Und ich antwortete ihm, dass Dichter manchmal Krankenpfleger sind, denn auch Dichter müssen von etwas leben. Er lachte und sagte, er habe schon alle Hoffnung aufgegeben habe, jemals einen Dichter zu finden.

„Aber jetzt bist du hier!“

Ich sagte ihm auch, ich sei eine Wahrsagerin, die Karten legt und im Kaffeesatz liest, um etwas nebenher zu verdienen. „Manchmal gucke ich auch in die Glaskugel, um Leuten die Zukunft vorherzusagen.“

Da kam er mir mit dem Wunsch zu erfahren, was ich für seine Zukunft sehe.

„Mit Sicherheit ewigen Frieden“, sagte ich.

So begann unsere Freundschaft.

Und deswegen bin ich hier.

Sie ist aus ihrem Zelt verschwunden. Normalerweise geht sie nicht vor fünf Uhr. Ich schaue mich nach ihr um und sehe sie auf der anderen Seite der Straße. Sie geht direkt auf das gegenüberliegende Einkaufszentrum zu. Momentan ist niemand bei mir, also gehe ich hinter ihr her und beobachte, wie sie in einem Geschäft verschwindet, in dem Garn und andere Strickwaren verkauft werden.

Ich gehe in die Buchhandlung neben dem Handarbeitsladen und beobachte sie durch eine Glaswand, die die beiden Geschäfte trennt. Ich sehe, dass die Verkäuferin und ihre zwei Helferinnen sie wie eine alte Freundin begrüßen. Sie sehen alle gleich aus. Sie haben dunkle Haut, sind dicklich und strahlen vor Wohlwollen und Hilfsbereitschaft. Mutter und Töchter. Thórhildur geht direkt an ein bestimmtes Regal. Die Frauen folgen ihr, füllen ihren Korb mit Garn in vielen Farben und unterhalten sich dabei fröhlich mit Thórhildur. Das alles zeigt mir deutlich, dass Thórhildur Stammkundin in diesem Geschäft ist.

Zwei Pullover hängen über der Theke, die genauso aussehen wie die Pullover im Zelt. Die einheimische Frau verkauft sie vermutlich für Thórhildur. Sie greift in eine Schublade unter der Kasse und nimmt einen Umschlag heraus. Sie zählt Geld aus dem Umschlag, nimmt ein paar Scheine fur sich und legt sie in die Kasse. Aber den Rest reicht sie Thórhildur. Sie sprechen eine Weile miteinander, die Einheimische und ihre Töchter lachen, wobei ihre runden Bäuche auf und ab hüpfen.

Es wurde schnell zur Routine, dass ich mich jedes Mal, wenn ich im Dienst war, zu ihm setzte und ihm vorlas. Dann sprachen wir oft über das, was ich gelesen hatte. Er fragte mich nach meinem Eindruck und fand meine Meinung wichtig. Ich fühlte mich geehrt und dann noch geehrter, als er mich bat, ihm meine eigenen Gedichte vorzulesen.

„Sie sind nicht schlecht“, sagte er.

Trotzdem hatte ich immer das Gefühl, kritische Fältchen in seinen Mundwinkeln zu sehen, wenn ich sie ihm vorlas. Ich fragte ihn einmal danach, ob ich richtig sähe. Da sagte er:

„Du erzählst Geschichten. Das ist es, was mit deinen Gedichten nicht stimmt. Du solltest es lieber mit Prosa versuchen.“

Und ich sagte ihm, dass genau das mein Problem sei. „Ich habe oft versucht, Geschichten zu schreiben; manchmal hatte ich eine Idee und fing an zu schreiben, aber es ist mir nie gelungen, sie auf mehr als eine Seite auszudehnen. Und so endete die Idee immer als Gedicht. Ich habe nie genug Stoff für eine Geschichte zusammenbekommen.”

„Ich werde dir Stoff für eine Geschichte geben“, sagte er da und versuchte, sich im Bett aufzusetzen. Ich half ihm und platzierte die Kissen bequem zu seiner

Unterstützung hinter ihm und um ihn herum.

„Ich werde dir eine Geschichte vorschlagen, aber du musst um die halbe Welt fahren, um sie dir zu holen", fügte er hinzu.

„Kein Problem, wenn es eine gute Geschichte ist", sagte ich und lachte.

„Ich meine es ernst", sagte er leise. Ich sah es und hörte auf zu lachen.

Er bedeutete mir, mich wieder hinzusetzen, nahm meine Hand und hielt sie in seinen beiden Händen.

„Ich habe selber versucht, die Geschichte zu holen, aber ich hatte keinen Erfolg." Dann verstummte er, und ich wartete darauf, dass er fortfahren würde.

„Und jetzt halte ich niemand anders als dich für geeignet, es für mich zu tun." Er drückte meine Hand und fügte dann unvermittelt hinzu: „Versprichst du mir das?"

Ich hatte keine Ahnung, was ich da versprach. Vielleicht wegen seiner Vertrauenserklärung oder meiner eigenen Eitelkeit, oder einfach nur, weil ich bin, wie ich bin, sagte ich: „Ja."

Da schien es, als wäre ihm ein schwerer Stein vom Herzen gefallen, er legte sich wieder zurück und seufzte:

„Dann ist es also beschlossene Sache." Er drückte wieder meine Hand und sagte, er habe einige Kapitel hier, die ich mir anhören müsse, bevor ich mich auf die Reise mache.

So wurden die Lesestunden zu einem Bericht über sein Leben. Das Sprechen fiel ihm mittlerweile schon schwer, und er hatte keine Zeit zu verlieren. Jedes Mal, wenn ich zur Arbeit kam, wartete er ungeduldig darauf, da fortfahren zu dürfen, wo wir letztes Mal aufgehört hatten. Sein Zustand wechselte ständig. An manchen Tagen konnte er nur wenig sprechen. An anderen Tagen war er nicht zu bremsen.

Er war zwölf Jahre alt, als seine Mutter ins Gefängnis kam, und als sie zehn Jahre später wieder frei war, verschwand sie aus dem Land, und er wusste über viele Jahre nicht, wo sie lebte. Dann bekam er einen Hinweis auf ihren Aufenthaltsort, und er machte sich auf die Reise, um sie aufzusuchen. Flog um die halbe Welt und fand sie schließlich auf dieser Insel.

Das war vor drei Jahren.

Er entdeckte sie, sobald er auf den Marktplatz gekommen war, genau wie ich. Er erkannte sie sofort. Er entschloss sich, sie zunächst in Ruhe zu lassen, saß von morgens bis abends im Captain Cook und beobachtete sie von dort aus. Und machte Fotos von ihr, die er mir dann gab. Am fünften Tag wollte er sie ansprechen, aber als er von seinem Tisch aufstand und zu ihr gehen wollte, bekam er einen epileptischen Anfall.

Er wurde ins Krankenhaus gebracht, wo er eine Woche in schlechter Verfassung lag. Schließlich wurde er nach Island in die staatliche Klinik Landspitali geflogen. Da wurde ihm mitgeteilt, dass er einen

Gehirntumor habe. Der Tumor war bereits ziemlich groß und befand sich an einer kritischen Stelle im Gehirn, so dass eine Operation nicht in Frage kam. Nach einer langen und schwierigen Strahlentherapie bekam er die gute Nachricht, der Tumor sei kleiner geworden. Er bereitete also eine zweite Reise vor. Aber da kam die nächste Hiobs-Botschaft: Ein neuer Tumor.

Einige Monate später kam er zu mir auf die Palliativ-Station. Erst ganz am Ende, als er schon kaum mehr sprechen konnte, gab er sein Geheimnis preis, das er in all diesen Jahren mit sich herumgetragen hatte. Er nahm meine Hand und vertraute mir seinen letzten Wunsch an:

„Versprichst du mir, es ihr zu sagen?"

Die Wünsche eines Sterbenden soll man erfüllen.

Jetzt ist es genau fünf Uhr und sie packt ihre Sachen zusammen, hängt die Pullover ab, stopft sie in ihren Rucksack und verlässt ihr Zelt. Ich gehe ihr nach. Sie geht zügig, aber irgendwie schwebend leicht– wenn sie ein Gefäß mit Wasser auf dem Kopf trüge, würde das Wasser kaum Wellen schlagen. Ich achte darauf, dass ich in angemessener Entfernung hinter ihr her gehe, aber es stellt sich heraus, dass dies unnötige Vorsicht ist, denn sie dreht sich kein einziges Mal um.

Ungefähr nach einer halben Stunde sind wir in einem älteren Wohnviertel am Stadtrand angekommen, nicht weit vom Flughafen entfernt. Da wendet sie sich einem kleinen Einfamilienhaus mit zwei Etagen, ausgebautem Dach und Garten zu. Vor der Tür stellt sie den Rucksack ab, nimmt einen Schlüssel heraus, öffnet die Tür und geht hinein. Ich warte einen Augenblick, gehe dann aber an das Haus heran. Lena Jones, Bildhauerin, steht mit einer zierlichen Schrift auf dem Messingschild an der Tür. Und auf einem großen Schild in einem Fenster steht: Zimmer zu vermieten. Ich schreibe mir die Adresse auf und kehre um.

Als ich ungefähr die halbe Strecke zurück geschafft habe, höre ich aus einer Nebenstraße Musik. Ich gehe den Klängen nach und bin auf einmal auf einer Tanzveranstaltung. Alle Musiker sind Einheimische, die auf verschiedenen Saiteninstrumenten und Trommeln spielen. Hier wimmelt es von Leuten jeden Alters. Anfangs stehe ich noch eine Weile abseits und schaue zu, aber das fällt mir schwer, es liegt ein spezieller Zauber in dieser Musik. Als die Melodie von „Unter dem blauen Himmel“ aus dem Tonmeer aufsteigt, kann ich mich nicht länger zurückhalten, denn das ist ein Lied meiner isländischen Heimat. Ich schleiche auf die Tanzfläche und mische mich unter die Menschen, schließe die Augen und wiege mich im Takt zu den sehnsuchtsvollen Klängen der Hawaiigitarre. Eine Duftwolke von dunklem und schwerem Männerparfum hüllt mich plötzlich ein, und weiche Arme umschließen mich. Ich öffne die Augen, schaue auf und sehe ein lächelndes Clark-Gable-Gesicht.

„Je suis painteur“, sagt der Charmeur und drückt mich an sich.

„Je suis poet“, antworte ich und schmiege mich ihm an. Er hat eine Baskenmütze auf, ein Halstuch umgebunden, und im Mund glänzen seine Goldfüllungen. Wir sagen nichts mehr, es bedarf keiner weiteren Worte, wir lächeln uns an und wiegen uns im Takt. Dann nimmt der Maler meine Hand und führt mich zu seinem Tisch. Sein Haar ist silberweiß, aber der kleine schmale Oberlippenbart ist schwarz gefärbt. Der Mann ist bestimmt schon über siebzig, aber er ist für sein Alter so erotisch, dass ich nicht aufhören kann ihn anzulächeln. Er bestellt Pernod, und nach ein paar Gläsern finde ich, dass die Zeit reif sei für den zweiten

Satz, den ich auf französisch kann:

„Je t´aime“, sage ich. Und er beugt sich über mich und gibt mir einen französischen Kuss. Jetzt heißt es, keine Zeit zu verlieren und mit ihm nach Hause zu gehen. Zuerst wirkt er recht schlapp.

„J´ai viagra“, sagt er. Danach lebt alles auf.

Ich drücke auf die Klingel, und einen Moment später kommt eine kleine, schlanke Frau an die Tür. Ich zeige auf das Schild im Fenster, und sie lässt mich herein. Sie stellt sich vor und sagt, sie heiße Lena. Sie trägt ihr glattes, graudurchwirktes Haar in einer Pagenkopffrisur.

„Es ist hier oben im ersten Stock", sagt sie mit leiser, wehleidiger Stimme. Ich folge ihr nach oben. Das Zimmer befindet sich direkt neben der Treppe.

„Und das Badezimmer ist hier auf dem Flur, es ist für alle Mieter da." Sie führt mich herum, zeigt auf dieses und jenes, spricht beinahe maschinell, als ob sie es schon oft gesagt hätte. Und spricht gepresst, als ob sie gleich in Tränen ausbrechen würde.

Mir gefällt der Raum auf den ersten Blick, und außerdem kostet er nur die Hälfte des Hotelzimmers. Als ich mein Interesse bekunde, lädt sie mich auf einen Kaffee in ihre Küche ein. Ich frage sie, wieviel Leute im Haus wohnen.

„Ich habe gerade drei Mieter, also sind wir vier. Mit dir fünf." Sie sagt, sie habe einen guten Eindruck von mir und hoffe, dass ich das Zimmer nehme und lange bleibe. Sie sagt, sie sei diese ständigen Mieterwechsel leid. Nachdem ihre Kinder aus dem Nest geflogen sind und der Ehemann abgehauen ist, hatte sie die Idee, die

Zimmer zu vermieten, damit sie das Haus halten kann. Sie hatte einen Kontakt zum Vulkaninstitut hergestellt. Dorthin kamen Geologen aus der ganzen Welt, um die Vulkane zu beobachten und zu erforschen, und sie brauchten ja eine Unterkunft für die Zeit. Aber sie blieben normalerweise nicht lange. Höchstens ein paar Wochen, manche nur wenige Tage. Doch sie wollte am liebsten jemanden, der vorhat, lange zu bleiben.

„Aber auch wieder nicht so lange wie die Frau unterm Dach", sagt sie und gießt mir eine Tasse Kaffee ein.

Da klingelt es. Lena seufzt und geht zur Tür. Sie kommt zurück, und eine Frau ihres Alters folgt ihr. Lena entschuldigt sich, sie müsse mal einen Augenblick in den Keller gehen und Frau Simson den Grabstein zeigen, der das Grab ihres verstorbenen Mannes zieren soll. „Das wird eine Weile dauern. Überleg dir die Sache in der Zwischenzeit."

Ich nutze die Gelegenheit. Vom Flur im ersten Stock führt eine steile Treppe unter das Dach. An der obersten Stufe sehe ich eine Tür. Ich schleiche die Treppe hinauf, klopfe vorsichtig an, für den Fall, dass sie von ihrer Routine abgewichen und nicht auf den Markt gegangen ist. Niemand antwortet. Die Tür ist nicht abgeschlossen. Es ist mir nicht wohl dabei hineinzugehen, deshalb bleibe ich in der Tür stehen und lasse meinen Blick durch den Raum schweifen. Es ist nur ein Zimmer, von einer Hauswand zur anderen. Es hat sehr viel Dachschräge, aber es ist geräumig und hat große Fenster an beiden Giebelwänden. Am einen Ende hängt ein durchsichtiger Plastikvorhang. Dahinter sind Toilette und Dusche. Am anderen Ende des Zimmers ist eine Kochstelle. Auf einem Tisch ein kleiner Gasherd mit zwei Platten. Außerdem eine Spüle und ein Abtropfgitter, auf dem eine umgedrehte Kaffeekanne steht. Daneben hängen Abtrockentücher. Im offenen Schrank unter dem Herd stehen ein paar Töpfe. Nur das allernotwendigste für eine Person. Neben der Küchenecke ein Kleiderschrank. Und in der Mitte einer Wand, unter der Dachschräge, ist das Bett. Die Bettwäsche wurde gewissenhaft glattgestrichen, und eine rotbraune Decke ist an den Seiten unter der Matratze festgeklemmt.

Ich höre Schritte von unten und bin im Flur im ersten Stock, als die Frauen aus dem Keller heraufkommen. Lena begleitet Frau Simson hinaus, und als sie die Tür hinter ihr geschlossen hat und sich wieder auf den Weg in die Küche macht, komme ich die Treppe herunter. Ich erkläre ihr, dass ich die Toilette gesucht habe.

„Mehr Kaffee?"

Ich nehme gerne noch eine Tasse. Als sie mir eingießt, frage ich sie nach der Frau unterm Dach.

„Die Frau unterm Dach!" Sie ist überrascht. Aber nachdem sie sich überzeugt hat, dass es mir ernst ist, setzt sie sich mir gegenüber an den Tisch und denkt eine Weile nach, als ob sie einen langen Bericht vorbereiten würde. Dann legt sie die Hände auf die

Tischplatte und beginnt. Ihre weinerliche Stimme schwebt durch die Küche:

„Also", sie macht eine Pause, als ob sie überlegen würde, wo sie anfangen soll. „Sie ist hier gleich an dem Tag eingezogen, als sie auf die Insel kam. Zu Fuß vom Flughafen, der ganz in der Nähe liegt. Sie hatte überhaupt kein Gepäck. Sie sah das Schild hier im Fenster. Es war alles besetzt, außer dem Dachzimmer. Ich führte sie hinauf, um es ihr zu zeigen. Hatte gar nicht erwartet, dass es ihr gefallen könnte. Es ist ja bloß ein leerer Dachboden. Nur die Geologen benutzten ihn ab und zu für jeweils eine Nacht. Sie schaute sich im Zimmer um, drehte sich zu mir hin und sagte, dass sie es erst einmal für ein Jahr mieten und dann weitersehen wolle. Für ein ganzes Jahr! Das hat mich ehrlich gesagt ziemlich überrascht, und ich sagte ihr, dass ich noch nie einen Mieter so lange da oben gehabt habe. Aber als sie die Geldscheine aus der Tasche nahm und mir eine Jahresmiete im voraus bezahlte, konnte ich nicht widerstehen. Sicher ist es gut, einen Langzeitmieter zu haben, aber diese Frau ist äußerst merkwürdig. Sie schleicht sich das ganze Jahr über jeden Morgen zur selben Zeit aus dem Haus, sitzt dann den ganzen Tag auf dem Markt und strickt Pullover, und kommt jeden Abend zur selben Zeit genauso leise wieder nach Hause. Und das seit sieben Jahren! Dein Akzent klingt so ähnlich wie ihrer. Wo kommst du her?"

„Aus Europa", sage ich.

„Ich komme auch aus Europa", sagt sie, und ihre

Miene hellt sich ein wenig auf. „Ich wusste, dass wir etwas gemeinsam haben. Ich bin zwar hier geboren, aber meine Vorfahren sind aus Europa geflüchtet, genauer gesagt aus Polen. Ich bin mit den Eingeborenen hier auf der Insel überhaupt nicht verwandt."

„Aber du bist doch selber Eingeborene, wenn du hier geboren bist, oder?", frage ich. Lena ist da anderer Meinung.

„Die Eingeborenen gehören doch einer anderen Rasse an. Ich bin weiß, wie du sehen kannst, meine Eltern und Großeltern waren alle weiß. Auch mein Mann ... Exmann", fügt sie nach einem kurzen Zögern hinzu, „ist weiß, also fließt nicht ein Tropfen Blut der Eingeborenen in den Adern von meinen Leuten."

Ich bitte sie, mir mehr von der Frau unterm Dach zu erzählen.

„Tja, was soll ich sagen? Am Anfang habe ich versucht, Kontakt zu ihr aufzubauen. Ich war alleine, und die Geologen haben mir nur wenig Gesellschaft geleistet. Die sind ja immer oben im Nationalpark. Selbst meine Kinder kommen nicht zu Besuch. In den ersten Wochen, nachdem sie hier eingezogen war, suchte ich mir oft einen Vorwand, um abends auf den Speicher zu gehen, wenn ich hörte, dass sie nach Hause gekommen war. Vielleicht musste eine Glühbirne ausgewechselt werden. Es ist ja wesentlich besser, die Glühbirnen auszuwechseln, bevor sie kaputtgehen, verstehst du. Und dann musste man vielleicht mal die Gardinen vor ihrem Fenster wechseln. Es könnte ja auch sein, dass es irgendwo hereinregnete. Man muss nämlich auf solche Sachen gut Acht geben. Immer wieder alle Rohre genauestens überprüfen. Sie begrüßte mich zwar immer höflich, aber sagte, es sei völlig unnötig, mich auf den Speicher zu bemühen, sie könne sich dort selber um alle Reparaturen kümmern. Einmal kam ich mit Fotoalben mit Bildern von hier und wollte sie ihr zeigen, aber da sagte sie mir nur, sie habe kein Interesse an den Schönheiten der Natur und habe auch nicht vor, sich auf dieser Insel umzusehen. Da gab ich auf. Seitdem habe ich sie in Ruhe gelassen. Es ist einfach nicht möglich, sich mit der Frau zu unterhalten. Aber sie bezahlt. Pünktlich jeden ersten Januar kommt sie mit dem Geld zu mir in die Küche und bezahlt ein Jahr im Voraus!"

Plötzlich scheint es, als ob ihr bewusst wird, was sie gerade tut. „Herr im Himmel! Hier sitze ich und quatsche über einen Menschen, der dich nichts angeht und vergesse ganz, etwas über mich selber zu erzählen. Ich bin also Bildhauerin, haue Lettern in Stein, meistens auf Grabsteine. Ich habe hier im Keller eine Werkstatt und ..."

„Ich nehme das Zimmer, aber zuerst muss ich noch ins Hotel, um meine Sachen zu holen", sage ich.

Auf der Plane meines Standes steht: „Heute kein Wahrsagen.“ Ich habe den Eingang verhängt. Ich sitze vor dem Zelt in der Sonne, in Shorts, einem bunten, weit ausgeschnittenen T-Shirt, mit einem Strohhut und einer Sonnenbrille. Ich lehne mich im Stuhl zurück, tue so, als ob ich schliefe, aber werfe ab und zu einen Seitenblick auf Thórhildur und denke darüber nach, wie ich das Versteckspiel beenden und mich ihr vorstellen soll. Hrafn hatte mir geraten, geduldig zu sein und sie nicht hastig zu überfallen.

Es scheint, als ob Thórhildur meine Blicke spürte. Ab und zu guckt sie zu mir herüber. Verzählt sich dann. Muss noch einmal anfangen zu zählen. Aber ich kann meine Augen nicht von ihr abwenden.

Diese Frau wurde zu sechzehn Jahren Gefängnis verurteilt, weil sie im Abstand von einer Woche zwei Männer umgebracht hat. Davon hat sie zehn Jahre abgesessen.

Sie versucht, meinen Blicken auszuweichen, und rückt den Stuhl tiefer in ihr Zelt. Ich wende meine Augen von ihr ab und schaue mich um. Mein Blick schweift zum Brunnen, wo ich ein kleines Kleid schwimmen sehe. Mir wird schlagartig klar, dass in dem Kleid ein kleines Kind stecken muss, das bäuchlings halb unter der Oberfläche im Wasser treibt. Ich schreie auf und laufe hin, reiße das Kind aus dem Wasser. Es ist bewusstlos und hat bereits blaue Lippen. Der Erste-Hilfe-Kurs aus der Krankenpflegeschule zieht wie ein Film im Schnelldurchlauf an meinem inneren Auge vorbei. Als ich das Kind umdrehen will, fliegen mir zwei kalte Eishörnchen ins Gesicht, dann wird mir das Kind aus dem Arm gerissen. Eine junge Frau läuft mit ihm klagend auf und ab und rüttelt es heftig, als ob sie ihm auf die Art wieder Leben einschütteln könnte.

Ich schreite wieder zur Tat. Ich springe erneut zu ihr hin und wir zerren das Kind hin und her. Ich versuche ihr klar zu machen, dass ich weiß, was man tun muss, aber sie starrt mich nur mit wildem Blick an und heult in einem Ton auf, wie nur Mütter ihn von sich geben, wenn sie glauben, dass ihr Kind stirbt.

„Ich bin Ärztin", erklingt ein Zauberwort. Die Mutter lässt ihr Kind los und sinkt kraftlos in die Arme eines Umstehenden. Thórhildur legt das Kind auf den Boden, kniet sich an seine Seite und leitet Wiederbelebungsmaßnahmen ein. Beatmet es und macht Herzmassage. Mit sicheren Handgriffen, ohne Hast. Bläst und massiert abwechselnd.

Schaulustige kommen und bilden einen Kreis um uns. Zwei Frauen haben sich der Mutter angenommen, haben ihre Arme um sie geschlungen, und zusammen stehen sie da und starren still auf das Kind. Wie drei zusammengewachsene Salzsäulen. Es herrscht eine Grabesstille. Dann kommt das Kind wieder zu sich. Die Arme und Beine zucken. Es nimmt einen tiefen

Atemzug und ringt nach Luft. Thórhildur hört auf zu massieren, legt das Kind auf den Bauch und klopft fest auf den kleinen Rücken. Das Kind würgt, würgt und hustet gleichzeitig. Dann beginnt es zu weinen.

Ein erleichtertes Aufatmen fährt durch die Menge. Es wird Platz für den Krankenwagen gemacht, Männer in gelben Hemden springen heraus, wickeln das Kind in eine Decke, legen es auf eine Trage und schieben es schließlich ins Auto. Die Mutter weicht nicht von ihrem Kind.

„Ich bin doch nur kurz zum Eisstand gegangen", jammert sie, als sie in den Krankenwagen steigt.

Die Türen werden zugeschlagen, und das Auto rast mit Sirenengeheul davon.

Thórhildur ist zu ihrem Stand zurückgekehrt. Sie sitzt auf ihrem Stuhl und starrt mich an, als ich näher komme.

„Wer bist du? Und was willst du von mir?", fragt sie mich scharf. Auf Isländisch.

Ich frage sie, wie ich mich verraten habe.

„Als du das Kind im Brunnen gesehen und aufgeschriehen hast, hast du das auf Isländisch gemacht", sagt sie.

Jetzt gibt es keine Ausflüchte mehr. Ich hole meinen Stuhl heran und setze mich zu ihr, nehme ihre Hände in meine und sage ihr, dass ich zu ihr geschickt worden sei. Dann erzähle ich ihr alles. Dass Hrafn hierher gekommen ist, um sie zu treffen, berichte von dem epileptischen Anfall, der Diagnose, seinem Tod und dass ich ihm versprochen habe, bevor er starb, hierher zu reisen und sie zu treffen, ihre Geschichte zu hören und somit eine Antwort auf die dringende Frage zu erhalten, die ihn in den letzten Jahren gequält hat. Obwohl er selber die Antwort nie bekommen würde, müssten andere sie erhalten. Und das sei mein Anliegen.

Sie sagt kein Wort, sitzt regungslos mit ihren Händen in meinen da und stiert mit leeren Augen in die Luft. Ich sehe sie nicht atmen, und für einen Augenblick denke ich, dass sie gestorben sei. Aber da zieht sie ihre Hände weg, steht langsam auf, sammelt alle Pullover von den Kleiderbügeln, steckt sie in den Rucksack und verschwindet ohne ein weiteres Wort von ihrem Stand.

Ich bleibe noch lange sitzen und betrachte ihren leeren Stuhl.

Lena ist schrecklich aufgeregt. Sie spricht mich in der Diele an, als ich in mein Zimmer hinaufgehen will.

„Irgendwas muss ihr passiert sein", sagt sie mit ihrer weinerlichen Stimme und deutet mit dem Blick die Treppe hinauf. „Hör mal!"

Ich höre Rufe von oben. Dann Stille und wieder ein Ruf. Jetzt allerdings lauter, schneidender, wie ein Schrei.

„In all diesen Jahren hat man gar nichts von ihr gehört", stöhnt Lena. „Und dann kam sie heute viel zu früh nach Hause."

Ich sage, dass ich mich um die Sache kümmern werde. Als sie mir die Treppe hoch folgen will, sage ich ihr, sie solle lieber unten warten. Auf der Treppe, die ins Dachgeschoss führt, höre ich, wie Thórhildur im Zimmer auf und ab geht. Ich klopfe. Sie bleibt stehen. Keine Antwort. Da öffne ich vorsichtig die Tür. Sie steht am Fenster neben der Spüle, dreht mir den Rücken zu und hält sich mit den Händen die Ohren zu. Dann wirft sie einen Blick über die Schulter und sieht mich. Ich gehe zu ihr und möchte ihr den Arm um die Schultern legen, aber da geht sie auf mich los, schlägt mich und schreit:

„Warum hast du es mir nicht sofort gesagt? Warum musste soviel Zeit vergehen, während du mir durch die

Zeltplanen nachspioniert und mich verfolgt hast?“

Sie schlägt wieder und wieder auf mich ein, aber den Schlägen fehlt jegliche Energie. Ihre Arme fallen kraftlos auf mich. Es gelingt mir, ihre Hände zu ergreifen und festzuhalten. Da sinkt sie auf den Fußboden, ich falle mit ihr. Sie weint leise in meinen Armen. Plötzlich endet es und sie sagt:

„Ich habe ihn gesehen! Ich habe den jungen Mann gesehen, der im Café einen epileptischen Anfall bekam. Ich bin sogar zu ihm hingegangen, habe ihn richtig gelagert und bei ihm gewartet, bis der Krankenwagen kam. Aber ich habe ihn nicht erkannt! Kann eine Mutter jemals ihr Kind vergessen?“

Wieder leises Weinen. Ich streiche ihr übers Haar und wiege sie wie ein kleines Kind. Dann sagt sie plötzlich, sie habe Lust auf eine Spritztour. Ob ich ein Auto hätte. Mich überrascht dieser ungewöhnliche Wunsch, aber ich sage ihr, dass ich möglicherweise ein Auto besorgen könnte. Sie steht auf und trocknet sich die Augen mit einem Handtuch, das neben dem Abtropfgitter hängt.

Ich hätte mir nie träumen lassen, dass ich jemals in einem offenen Cabrio über eine Südseeinsel fahren würde! Als ich diesen Wagen bei der Autovermietung sah, kam für mich kein anderer in Frage. Ich fahre langsam durch die Straßen der Stadt, und der heiße Wind umspielt mich. Ich bin immer noch verwundert über den schnellen Sinneswandel von Thórhildur. Dass sie in dieser verzweifelten Situation plötzlich einen Ausflug machen will – unglaublich.

Sie steht auf dem Bürgersteig vor dem Haus und wartet auf mich. So wie ich anhalte, öffnet sie die Autotür und setzt sich neben mich.

„Wohin möchtest du fahren?"

„Raus aus der Stadt", sagt sie.

Ich fahre los, und auf der ganzen Strecke reden wir kein Wort. Sie hat den Strohhut abgenommen, und ihr langes Haar flattert wild in der Luft. Sie hat die Augen geschlossen und hält ihr Gesicht in den Wind. Jetzt sieht es wieder ganz glatt aus. Die Tränen sind getrocknet und die Sorgenfalten wie weggeblasen.

Als wir die nördliche Spitze der Insel erreicht haben, fahren wir in ein kleines Dorf, an dessen Marktplatz eine Gaststätte mit Terrasse ist. Da parke ich das Auto und sage zu Thórhildur: „Hier können wir etwas trinken." Wir setzen uns an einen Tisch, ich winke den Kellner heran und bestelle ein großes Bier für mich. Der Mann erklärt uns, dass wir an dem Tag zwei für den Preis von einem bekommen können. Aber Thórhildur möchte nur Wasser.

„Bring trotzdem zwei Glas Bier“, sage ich.

Der Kellner kommt umgehend mit den Getränken. Ich habe Durst und einen trockenen Hals nach den Aufregungen des Tages, trinke das erste Bier in einem Zug aus und beginne gleich mit dem zweiten. Die Wirkung lässt nicht auf sich warten, und eine angenehmen Ruhe breitet sich in mir aus.

Thórhildur schweigt und starrt vor sich hin. Sie hält das Wasserglas mit beiden Händen fest und nippt ab und zu an ihm. Ich merke, wie der Friede, den sie in ihrem Marktstand ausgestrahlt hatte, sie langsam wieder einnimmt.

„Es wird bald dunkel, wir sollten uns auf den Weg nach Hause machen“, sagt sie plötzlich nach langem Schweigen. Sie fragt mich, wo ich wohne, und ist gar nicht überrascht, sondern nickt nur, als ich ihr sage, dass ich auf der Etage unter ihr wohne.

Ich schwanke ein bisschen, als wir aufstehen und greife nach ihrem Arm. Sie stützt mich bis zum Auto, wo ich ihr die Autoschlüssel reiche und ihr sage, dass sie jetzt fahren müsse. Sie nimmt die Schlüssel widerspruchslos, setzt sich auf den Fahrersitz, lässt den Motor an und fährt los.

Die Sonne geht unter, und schon nach wenigen Minuten bricht tiefe Dunkelheit ein. Thórhildur genießt es offensichtlich zu fahren. Sie drückt auf den Knopf für das Verdeck und beobachtet begeistert, wie das Autodach sich geschmeidig hebt und über unseren Köpfen schließt.

Ich lehne mich im Beifahrersitz zurück und betrachte sie. Ihre Fahrweise ist so spielerisch leicht, genau wie ihre Art zu gehen. Sie und das Auto sind eins, in vollkommener Harmonie gleiten sie sacht die Straße entlang. Ein spezieller Ausdruck erscheint auf ihrem Gesicht. Ich versuche, ihn zu definieren, finde aber nicht die richtigen Worte. Gelassenheit, Erfüllung, Freiheit? Vielleicht alles zusammen. Während ich mir darüber den Kopf zerbreche, überfällt mich plötzlich Müdigkeit, und ich habe ein Gefühl, als ob das Auto abheben und in Richtung Sterne schweben würde. Unvermittelt stürzt es wieder herunter, und ich schrecke auf, als es bei einer Vollbremsung ins Schleudern kommt und am Straßenrand stehen bleibt. Thórhildur beugt sich über das Steuer und hält sich die Hände vors Gesicht.

„Was ist passiert?“, frage ich und sehe sie erschrocken an.

„Ich ... ich erinnere mich plötzlich wieder an alles!“ Dann verstummt sie und starrt in die Dunkelheit. Ich stütze sie, als ich sie aussteigen lasse und führe sie zum Beifahrersitz. Da sitzt sie wie erstarrt. Ich spreche sie an, aber sie scheint nichts zu hören. So sitzt sie da für den Rest der Fahrt. Und als ich – wieder zurück – das Auto eingeparkt und den Motor ausgestellt habe, ist sie immer noch so. Erst als ich sie schüttele, kommt sie wieder zu sich, wendet mir ihr Gesicht zu und starrt mich entgeistert an.

„Ich bin nicht gefahren!"

Ich sage ihr, dass sie mit zu mir hereinkommen soll. Sie gehorcht, aber wiederholt noch ein paarmal, dass sie nicht gefahren sei.

Als wir im Haus sind, empfängt Lena uns in der Diele. Sie ist aufgeregt und fragt uns, was das eigentlich zu bedeuten habe, dass wir so spät nach Hause kommen. Sie habe schon Angst um uns gehabt. Dass wir entführt worden wären oder uns vielleicht noch Schlimmeres zugestoßen sein könnte. Und sagt, es sei wirklich unnötig, ihr Sorgen zu bereiten, sie habe eh schon genug.

„Ich bin nicht gefahren!", sagt Thórhildur immer noch völlig verstört und starrt Lena an. Diese weicht erschrocken ein paar Schritte zurück, denn das neue Verhalten und die fremde Sprache, die sie auf einmal spricht, machen ihr Angst.

„Ich bin nicht gefahren!" Sie klingt wie eine gesprungene Schallplatte. Lena ringt die Hände und läuft klagend in ihre Wohnung.

„Ich bin nicht gefahren!"

Mir gefällt Thorhilds Verhalten nicht. Ist sie verrückt geworden? Soll ich einen Arzt rufen? Aber da scheint sie wieder zu sich zu kommen, und sie schaut sich um.

„Sind wir jetzt zu Hause?", fragt sie. Ich begleite sie auf den Dachboden, und sie scheint sich langsam wieder zurecht zu finden.

„Jetzt erinnere ich mich an alles!", sagt sie und legt sich aufs Bett. Ich setze mich auf die Bettkante und warte darauf, dass sie mir etwas erzählt. Aber das tut sie nicht. Sie liegt auf dem Rücken, die Arme fest an ihren Körper gepresst und guckt an die Decke. Ich warte. Vielleicht zehn Minuten, vielleicht eine halbe Stunde lang. Dann stehe ich auf, gehe hinunter in meinen Wohnraum und hole das Diktiergerät.

Als ich wieder raufkomme, hat sie sich auf die Bettkante gesetzt. Sie wirkt, als wäre sie gerade aufgewacht und starrte mich verschlafen an. Ich komme sofort zur Sache, sage, dass sie mir helfen muss, seinen Wunsch zu erfüllen. Sie müsse mir ihre Geschichte erzählen. Ich sage, dass wir keine Eile haben. Sie könne auf die Kassette sprechen, wann immer sie das Bedürfnis habe. Ich reiche ihr das Gerät und zeige ihr, wie es zu bedienen ist. Dabei gähnt sie uninteressiert, und ich habe Zweifel, dass sie etwas von dem, was ich ihr sage, mitbekommt. Sie legt sich wieder aufs Bett und schließt die Augen. Ich betrachte sie eine Weile und weiß nicht, ob sie schläft oder nicht. Ich lasse das Diktiergerät auf ihrem Nachttisch stehen und schleiche mich hinaus, wie von einem Kind weg, das endlich eingeschlafen ist.

Als ich wieder unten in meinem Zimmer bin, hole ich die Kopie vom Urteil des Obersten Gerichts hervor, das ich mit auf die Insel gebracht habe. Ich setze mich auf mein Bett, blättere die Unterlagen durch und suche die Stelle, wo Thórhildur von der Autofahrt berichtet.

Die Angeklagte gibt an, dass sie an jenem Tag von einer Vorladung beim Untersuchungsausschuss gekommen sei, wo ihr unterbreitet wurde, dass ein Untersuchungsergebnis zu dem Brandfall vorliege. Die Ermittler gingen davon aus, dass es sich um einen selbstausgelösten Brand handele.

Die Angeklagte berichtet, dass sie nach den Geschehnissen der letzten Tage sehr müde und in schlechter Verfassung gewesen sei, und deshalb den Pfarrer angerufen und ihn gebeten habe, der Witwe mitzuteilen, dass einer Beerdigung nichts mehr entgegenstünde.

Die Angeklagte gibt vor, anschließend nach Hause gefahren zu sein, jedoch

nicht den kürzesten Weg, sondern über das Hochland und am Hammer vorbei.
Sie gibt an, dass sie gerne diesen Weg fährt, wenn sie sich beruhigen müsste, sich erden, wie sie wörtlich sagte.

Die Angeklagte sagt aus, dass Ottó am Schreibtisch in seinem Zimmer gesessen habe, als sie hereinkam. Er habe keine Reaktion gezeigt, nur bewegungslos dagesessen, ihr den Rücken zugewandt.
Sie gibt vor, ihn begrüßt zu haben, er habe jedoch den Gruß nicht erwidert.

Die Angeklagte ging anschließend ins Wohnzimmer, direkt zum Barschrank, nahm eine Whiskeyflasche heraus und schenkte sich ein Glas ein. Dann setzte sie sich in einen Sessel und trank immer weiter.

Die Angeklagte gibt vor, sich nicht an das zu erinnern, was an den folgenden zwei Tagen passiert ist, bis sie im Krankenhaus wieder zu sich kam ...

Ich wache auf, als leise an meine Tür geklopft wird. Ich war eingeschlafen. Die Seiten mit dem Urteil liegen auf dem Bett verteilt. Ich schaue auf die Uhr. Es ist fast drei. Ich öffne die Tür, und Thórhildur steht vor mir. Sie hat eine Kassette in der Hand, die sie mir reicht.

„Es ist meine Pflicht, seinen Wunsch zu erfüllen." Dann geht sie wieder, und ich gucke ihr hinterher, wie sie die Treppe zum Dachboden hinaufsteigt.

Ich erinnere mich jetzt wieder an alles. Vielleicht deshalb, weil ich seitdem nicht mehr Auto gefahren war. Aber als ich vorhin am Steuer saß, ist irgendwas in meinem Kopf passiert. Als ob ein Licht eingeschaltet oder ein Schleier von den Augen weggezogen worden wäre. Und ich habe auf einmal den Ablauf dieser Begebenheit ganz genau gesehen, alle Details nacheinander. Die Autofahrt und ihre Vorgeschichte, all das, was völlig aus meinem Gedächtnis verschwunden war, erschien plötzlich wie ein Kinofilm auf der Leinwand.

Ich war in einer Besprechung mit dem Bezirksverwalter und dem Untersuchungsausschuss. Ich war maßgeblich an der Obduktion beteiligt. Obwohl ein Rechtsmediziner aus der Stadt gekommen war, um die Leiche zu untersuchen, musste auch ich daran teilnehmen.

An diesem Tag war ich schon so erschöpft von Müdigkeit

und Schlaflosigkeit, dass ich einfach nicht mehr konnte. Ich hatte Sóley immer wieder zwischendurch besucht, während ich in der Poliklinik war. Aber jetzt traute ich es mir einfach nicht mehr zu, bei ihr vorbeizuschauen. Habe deshalb den Pfarrer gebeten, ihr mitzuteilen, was bei der Obduktion herausgekommen war und dass jetzt nichts mehr gegen eine Beerdigung von Kári sprechen würde.

Zu Hause wurde es auch nicht besser: Wenn ich persönlich nicht unter diesem unglaublichen Stress gestanden hätte, hätte ich Ottós seelischem Zustand vielleicht mehr Aufmerksamkeit geschenkt. Er hatte seit einigen Tagen an seinem Schreibtisch gesessen und nicht mit mir gesprochen. Ich habe ihn gegrüßt, aber er erwiderte nichts. Ich ging ins Wohnzimmer, direkt zum Barschrank, und goss mir ein Glas Whiskey ein. Dann setzte ich mich in einen Sessel. Bisher war das das letzte, an das ich mich erinnern konnte.

Aber jetzt erinnere ich mich wieder an alles. Ottó kam ins Wohnzimmer. Ich weiß nicht, wie lange ich schon im Sessel gesessen oder wieviel ich bereits getrunken hatte, als er kam. Er stand plötzlich vor mir, guckte mich traurig an und machte mich darauf aufmerksam, dass ich Whisky aus einem Cognacglas trank. Dann ging er zur Vitrine und holte ein Whiskyglas und schüttete das, was ich noch im Cognacglas hatte, um. Dann ging er mit dem Glas in die Küche. Ich hörte, wie er das Wasser laufen ließ. Er kam wieder ins Wohnzimmer, hatte das Glas gespült und war jetzt dabei, es abzutrocknen. Er stand vor der Vitrine und trocknete das Glas, sehr lange, langsam und vorsichtig.

Ich betrachtete meinen guten Mann und dachte, dass vielleicht jetzt der richtige Zeitpunkt sei, miteinander zu reden. Trotz des Wahnsinns der letzten Tage nahm eine dringende Entscheidung in mir Form an. Ich war unglaublich erleichtert, dass die Ermittlungen zu dem Schluss führten, dass es sich um einen selbstausgelösten Brand gehandelt hatte. Ich war damals der Meinung, dass Sóley davongekommen war. Und für mich gab es nur eins zu tun: Weiterzumachen. Kári war gestorben, und es gab keine weitere Störung aus der Richtung. Ich wollte die Zeit um diese zwei Jahre zurückdrehen und nochmal von vorne anfangen. Das wollte ich ihm sagen. Ich wollte ihm auch alles andere berichten, um es mir vom Gewissen zu reden. Ihn bitten mir zu helfen, diese ganze Affäre zu verstehen. Seine Bücher handelten meistens von etwas Unverständlichem. Unverständliche Liebe, unverständliche Leute, unverständliche Begebenheiten. Jetzt sollten wir gemeinsam unser Leben in Ordnung bringen und alles tun, was in unserer Macht steht, um unsere Ehe zu retten. Ich war sicher, dass ich lernen könnte, ihn wieder zu lieben. Das lag mir alles auf der Zunge, aber da war er schon wieder in die Küche gegangen.

Ich goss mir mehr Whisky ein und muss dann im Sessel eingeschlafen sein, denn ich wachte schlagartig auf, als ich aus der Küche Laute hörte. Einen langgezogenen, hilflosen, verzweifelten Schrei. Erst Stille und dann kam es wieder. Jetzt allerding stärker, ein eher schneidender Laut, wie von einem verletzten Tier. Da ging ich nachsehen.

Er stand am Küchenfenster und sah hinaus. Er drehte sich um, als ich in die Küche kam. Sein Gesicht war entstellt und in seinen Augen spiegelte sich grenzenlose Angst. Ich ging zu ihm hin und wollte ihn umarmen, aber da ging er auf mich los und schlug auf mich ein vor Wut. Die Schläge prasselten auf mich nieder, aber ihnen fehlte alle Kraft. Als ob er versuchen würde, mich nicht zu verletzen. Er konnte ja keiner Fliege etwas zuleide tun. Ich ergriff seine Hände und hielt sie fest. Da sank er auf den Fußboden, und ich fiel mit ihm zu Boden. Dort weinte er in meinen Armen. Dann plötzlich hörte das Weinen auf, und er sagte zu mir, er wolle eine Spritztour machen. Ich verstand ihn sofort und stimmte zu. Wir hatten es schon ein paar Mal gemacht, wenn etwas zwischen uns nicht gestimmt hatte: Uns ins Auto setzen, losfahren und die Probleme besprechen. Eine Autofahrt wirkte beruhigend auf uns. Außerdem mussten wir nebeneinander sitzen, denn es gab keine Möglichkeit einfach aufzustehen und zu gehen. Aber es war schon ein paar Jahre her, seit wir es zuletzt gemacht hatten. Ottó hörte auf zu weinen und trocknete sich die Augen mit dem Geschirrtuch, das er immer noch in der Hand hielt. Wir standen auf, und ich nahm ihn an der Hand und führte ihn so verheult, wie er war, zum Auto.

Ein Toter bei Verkehrsunfall in Norðurfjörður

Gestern Abend gegen halb sieben kam es auf dem Hammer bei Norðurfjörður zu einem Verkehrsunfall mit Todesfolge. Ein Ehepaar Mitte dreißig kam mit dem Auto von der Straße ab und stürzte ins Meer stürzte. Der Mann, der auf der Beifahrerseite saß, fiel mit dem Auto den Steilhang hinunter. Die Frau, die hinter dem Steuer saß, wurde hinausgeschleudert. Sie wurde schwer verletzt ins Bezirkskrankenhaus eingeliefert. Nach polizeilichen Informationen kam das Auto an der höchsten Stelle des Hammers von der Straße ab. An dieser Stelle sind es 500 Meter beinahe freier Fall ins Meer. Die Frau wurde hinausgeschleudert und landete auf einem steilen Abhang unterhalb des Wegrandes. Es kommt einem Wunder gleich, dass sie überlebt hat, denn nur einen halben Meter neben der Stelle, wo sie bewusstlos lag, beginnt der Steilabhang. An der Stelle, wo das Auto von der Straße abkam, sind keine Leitplanken angebracht, und dort, wo es im Meer landete, ist starke Strömung und das Wasser 50 Meter tief. Daher wird es für unmöglich gehalten, das Wrack und die Leiche zu bergen. Es war klare Sicht, und die Fahrbedingungen auf dieser Strecke waren bestens. Die Ermittlungen wegen des Unfalls sind in vollem Gange.

Und wieder unternehmen wir eine Spritztour. Dieses Mal ergreife ich die Initiative und schlage vor, dass wir in den Nationalpark fahren. Thórhildur nickt nur, und wie gestern sitzen wir schweigend nebeneinander im Auto.

Nach ungefähr einer halben Stunde sind wir an der Einfahrt zum Nationalpark angekommen. Da fahren wir in eine Nebelbank hinein, die so dicht ist, dass wir kaum noch die Straße sehen können. Aber es kommt nichts anderes in Frage als weiter zu fahren. Diese Straße wird schon irgendwohin führen.

Nachdem wir etwa zehn Minuten durch die milchweiße Wolke gefahren sind, lichtet sich der Nebel plötzlich. Wir halten beide die Luft an vor Schreck. Unbewusst. Ich mache eine Vollbremsung und parke am Wegrand. Die Straße, auf der wir fahren, führt an der Abbruchkante einer riesigen Landsenke entlang, wo sich die Erdoberfläche irgendwann einmal um drei- bis vierhundert Meter abgesenkt hat. Unterhalb der senkrechten Steilklippe ist braune Lava zu sehen, so weit das Auge reicht. Wir betrachten die Landschaft verwundert, ja, beinahe schüchtern. Die Lavaoberfläche ist im Laufe der Zeit kreuz und quer aufgesprungen. Wellenähnliche Platten, die Falten werfen, wenn sie gegeneinander gepresst werden, und tiefe Furchen oder Schluchten, aus denen Dampfsäulen majestätisch in den Himmel aufsteigen, wechseln sich ab. Aber auf weiten Flächen ist die Lavadecke so unberührt, dass sie aussieht wie ein spiegelglatter grauer Steinfußboden. An einer Stelle befindet sich ein runder Krater, der eine tiefe Schale im glatten Lavaboden bildet. Hier und da kann man trotzdem vereinzelte Palmen sehen, die sich ihren Weg durch die Lava gebrochen haben.

Ich bemerke, dass Thórhildur erschauert. Ich schaue zu ihr hin und sehe den gleichen Gesichtsausdruck wie gestern, als sie Auto gefahren ist. Jetzt kann ich ihn mir erklären. Sie ist wie ein Pferd, das aus seiner Heimat weggebracht und in die Ferne geschickt wurde, wo es sich nicht wohlfühlt und deshalb ausgerissen ist. Es zieht durch unbekannte Gegenden, hat sich verlaufen, streift durch Lavagebiete und Wüsten, Urwälder und rauschende Meere, tage-, wochen- und monatelang, bis es plötzlich an einer Felskante steht und über seine heimatlichen Gefilde blickt.

Sie wird unruhig. Es ist, als ob sie etwas sagen wollte, es aber lässt. Doch dann scheint es, als ob sie es sich anders überlegt hätte, und sie fragt, ohne mich anzusehen:

„Hast du jemals Sóley getroffen?"

Ich sage ihr, dass ich sie getroffen habe, als sie gekommen ist, um Hrafn zu besuchen. Wir hätten damals wenig zusammen geredet. Ich sage ihr jetzt noch nicht mehr, aber ich sage ihr doch, dass ich in der Nacht, als ich sah, was zu erwarten war, sie angerufen und gebeten habe zu kommen. „Es dauerte eine Weile, bis sie eintraf. Ich hatte alleine bei ihm gesessen und gesehen, wie er langsam dahinschwand. Auf die schwachen Atemzüge gelauscht, die immer seltener kamen. Aber dann war sie endlich da. Hatte einen schwarzen Mantel an. Es war, als hätte er auf sie gewartet. Denn sobald sie ins Zimmer kam, sich ans Kopfende setzte und seine Hand nahm, hörte er auf zu atmen. Da konnte er aus dieser Welt gehen."

Ich höre Thórhildur nicht. Spüre nicht ihre Anwesenheit. Ich habe das Gefühl, als säße sie nicht mehr neben mir im Auto. Ich wende mich zu ihr. Sie ist noch da. Regungslos, aber die Tränen rinnen ihr ununterbrochen über die Wangen.

Ich lege den ersten Gang ein, und wir fahren weiter an der Kante des Steilhangs entlang. Sie betrachtet weiterhin das Lavafeld. Dann beginnt sie zu sprechen. Völlig entspannt, als ob sie ein Selbstgespräch führte. Die Worte fließen genauso sanft aus ihr heraus wie das Auto über den Asphalt rollt.

Am Tag nach dem Brand nahm ich sie mit auf eine lange Spritztour. Ich fand es immer so angenehm, Auto zu fahren. Besonders nach einem schweren Tag unternahm ich gern lange Autotouren. Ich hatte gute Autos. Oft bin ich ins Hochland gefahren und habe mir die unberührte Natur angesehen. Habe meinen Blick schweifen lassen über die Lavafelder und Seen, die Vulkane und die weichen Warmflächen, schaute den Dampfsäulen nach, die dem Himmel zustrebten. Ich war der Ansicht, dass das auch Sóley guttun würde. Ihr Gesicht war mit blauen Flecken übersät, und der eine Arm war in Gips.

Wir fuhren den ganzen Fjord landeinwärts an sein Ende und von dort aus ins Hochland. Die Sonne schien, es war windstill und die Herbstfarben strahlten so schön wie nie. Wir fuhren weiter über glatte Lava, bis wir in das Gebiet mit den heißen Quellen kamen. Die Dampfsäulen standen senkrecht in den Himmel. Sóley wollte, dass wir hier anhielten. Sie kletterte mit einigen Schwierigkeiten aus dem Auto und hinkte zum ersten heißen Pott hinüber und begann umgehend, sich auszuziehen. Es fiel ihr schwer. Sie hatte offensichtlich bei jeder Bewegung Schmerzen.

Ich blieb im Auto sitzen und sah ihr zu. Sie hatte sich mittlerweile ganz ausgezogen und stand jetzt, mitten in Island, splitternackt in der Herbstsonne. Ihre schweren

Brüste lagen auf dem vorstehenden Bauch. Dann wandte sie mir den Rücken zu und ging hinein in die natürliche Badewanne. Ihre großen Gesäßbacken wippten im Takt mit ihrem Schritt. Sie legte sich ins heiße Wasser, hielt aber den eingegipsten Arm hoch und achtete darauf, dass er nicht nass wurde. Wie ein Segelschiff mit gerefftem Segel ließ sie sich auf dem Rücken treiben und hielt den Arm in die Sonne.

Da zog ich mich ebenfalls aus und watete zu ihr ins Wasser. Wir räkelten uns recht lange schweigend im Pott, bis sie plötzlich aufstand und laut und deutlich sagte:

„Jetzt bin ich wieder rein. Jetzt kann ich ein neues Leben anfangen."

Nicht weit von der Stelle, wo wir an der Abbruchkante angehalten haben, befindet sich eine Touristeninformation. Vor dem Gebäude steht ein großes Schild, auf dem eine Übersichtskarte des Gebietes mit eingezeichneten Wanderwegen ist. Wir beschließen, zu dem Krater zu wandern, den wir vom Auto aus gesehen haben. Zu Fuß dauert es ungefähr eine Stunde bis dorthin. Wir haben beide nicht die richtigen Schuhe für solch einen Ausflug an, aber auf dem Schild steht, dass man sich in der Touristeninformation Wanderschuhe leihen kann.

Wir gehen in den Keller zur Schuhausgabe. Da sehe ich ihn, den großen Mann, der Schuhe anprobiert. Er sitzt auf einem Stuhl und zieht ein Paar nach dem anderen an. Er bemerkt uns nicht. Er hat langes graues Haar und einen langen Bart, der bis auf die Brust reicht. Der Pullover, den er trägt, ist schon verfilzt und abgewetzt und viel zu klein für ihn. Der große Mann schaut verzweifelt auf den Schuhberg vor sich und kratzt sich am Kopf.

Wir beide finden schnell passende Schuhe und ziehen los. Erst auf dem Weg nach oben entdeckt Thórhildur den großen Mann, und sie scheint erschrocken. Sie bleibt abrupt auf der Treppe stehen und guckt ihm zu, wie er versucht, sich in ein anderes Paar

Schuhe zu zwängen. Dann geht sie weiter, aber blickt noch ein paar Mal zurück und guckt ihn forschend an. Mir scheint eine gewisse Wehmut in ihrem Blick zu liegen.

Wir ziehen los und klettern steile Treppenstufen hinunter, die in die Felswand gehauen sind. Wir gucken uns den Säulenbasalt an, der hier und da in senkrechten Verwerfungen zum Vorschein kommt. Wir gehen weiter hinunter, sie klettert voran, ich folge ihr. Wir schweigen.

Unten angekommen, geht es auf der weiten Lavaplatte weiter. Wir folgen den Markierungen, die den Weg zum Krater weisen. Der Himmel ist strahlend blau, und die Sonne brennt auf die Lava, so dass sie wie Silber schillert. In diesen höheren Regionen ist es wesentlich kühler als unten am Strand, und ich fühle mich wohl. Wir müssen über Risse und Spalten springen, die unseren Weg kreuzen. Wir erreichen einen Riss, aus dem weiße Dampfsäulen steigen. Thórhildur tritt mit einem Bein hinüber und bleibt stehen, auf jeder Seite einen Fuß. Sie lässt sich vom Dampf einhüllen, schließt die Augen und atmet tief durch die Nase ein. Sie füllt ihre Lungen, als ob sie Schwefel schnüffeln wolle. Dann geht sie weiter, ich gehe hinterher, mit etwas Abstand, und betrachte sie. Sie geht mit dem gleichen, schwebenden Gang wie neulich, als ich ihr nach Hause gefolgt bin. Ab und zu verschwindet sie in einer Dampfwolke, aber erscheint sofort wieder. Wie eine winzige Fliege auf der endlosen Lavadecke.

Jetzt stehen wir an der Kraterkante und schauen hinunter. Ein riesiges kreisrundes Loch, das irgendwann einmal voll von dünnflüssigem Schlamm war, ist ausgetrocknet und zusammengefallen, wie ein Kuchen im Ofen, der dann zu diesem glatten, leicht konkaven Boden geworden ist.

Ich setze mich mit meinem Block und einem Bleistift hin, aber Thórhildur wandert weiter um den Krater herum. Sie geht zügig, schwenkt die Arme vor und zurück. Sie nimmt den Strohhut ab und lässt ihr Haar in der kühlen Brise wehen. Leicht im Gang, frei wie ein Vogel.

Als ich das nächste Mal aufblicke, ist sie weit, weit weg auf der gegenüberliegenden Seite des Kraters. Ihre Gestalt hebt sich vom Himmel ab, so dass es aussieht, als würde sie auf der äußersten Kante des Kraters schweben. Wie ein Engel mit einem Rucksack auf dem Rücken, dessen Haar und Kleid im Wind wehen.

Diese Frau hat einen Mord gestanden.

Dann nähert sie sich wieder, kommt langsam heran, und als die Lava im Hintergrund sie umgibt, wird Thórhildur in ihrem grauen Kleid beinahe eins mit ihr. Sie ist die ganze Runde gewandert, jetzt etwas außer Atem und mit geröteten Wangen, und eine angenehme Leichtigkeit ist in ihrem Gesichtsausdruck.

Wie gehen denselben Weg zurück. Wir folgen den Markierungen, springen über Risse und Spalten, die eine schwarz-weiß, die andere in Farbe. Die Sonne steht schon tief, und es wird nicht mehr lange dauern, bis es dunkel wird. Wir legen einen Schritt zu und haben schon die Hälfte der Strecke hinter uns, als wir an dem großen Mann vorbeigehen. Er sitzt auf einer Lavaplatte, hat Schuhe und Socken ausgezogen und inspiziert verzweifelt seine blutenden Wunden an Fersen und Zehen.

„Habt ihr Pflaster dabei?“, fragt er direkt, als er uns bemerkt.

Thórhildur öffnet ihren Rucksack, holt ein Erste-Hilfe-Kästchen heraus und reicht es ihm. Er fragt, ob wir vom Krater kommen, was ich bestätige. Als er fragt, wie weit es noch bis dorthin ist, sage ich ihm, dass er die Strecke mit diesen Füßen nicht schafft. Und bevor ich mich versehe, habe ich mich zu ihm gesetzt und angefangen, seine großen Füße in meinem Schoß mit Pflastern zu versorgen. Er lässt es sich gefallen und legt sich dabei rücklings auf die Lavaplatte. Ich lasse mir Zeit, versorge sorgfältig jede Wunde. Niemand sagt ein Wort. Es ist wie eine heilige Handlung. Aber dann stört ein Schnarchen die Abendstille. Er ist eingeschlafen. Ich ziehe ihm die Socken an und quetsche ihn wieder in die Schuhe. Er wacht nicht auf. Thórhildur, die sich etwas abseits hingesetzt und uns wie in Trance zugeguckt hat, steht plötzlich auf und geht weiter.

Die Sonne ist untergegangen, und bald werden die Sterne zu sehen sein. Oben an der Abbruchkante thront die Touristeninformation. Licht wurde eingeschaltet, und die Fenster sehen aus, als würden sie mit schläfrigen Augen zu uns her schauen. Ich wecke den großen Mann und erkläre, dass wir jetzt weitergehen müssten. Er reckt sich auf der Lavaplatte wie ein Kater, erhebt sich und ist völlig überrascht, dass er seine Schuhe wieder anhat.

Wir gehen los, und er stützt sich auf meine Schulter, als wäre ich sein Gehstock. Thórhildur ist in der Felswand schon dabei, nach oben zu klettern, und sieht aus wie ein Gespenst, das die Treppen hochschwebt. Als ich mit dem Mann bei den Stufen ankomme, wechseln wir die Rollen. Der Große wirft mich auf seinen Rücken und eilt mit mir hoch, überspringt ein paar Stufen bei jedem Schritt, setzt Hände und Füße gleichermaßen ein wie ein Bergriese.

Oben angekommen, frage ich ihn, aus welchem Land er kommt. Es stellt sich heraus, dass er ein deutscher Schriftsteller ist, der sich bereits seit einigen Wochen hier aufhält. Er zeigt auf ein kleines Haus neben der Touristeninformation.

„Hier wohne und schreibe ich, wenn ich nicht gerade etwas unternehme“, sagt er lachend und möchte wissen, wo ich wohne, und ich sage es ihm bereitwillig. Dann verabschiedet er sich von uns mit Handschlag, bedankt sich herzlich und humpelt auf sein Haus zu.

Wir schauen ihm im Schein der Straßenlaternen hinterher. Ungefähr auf der Hälfte der Strecke dreht er sich noch einmal um, winkt uns zu und ruft:

„Bis bald!“

Es passierte, sobald ich in den Ort gekommen war. Vielleicht am zweiten oder dritten Tag. Er kam in die Poliklinik gepoltert und grüßte laut und gut gelaunt. Ein merkwürdiges Prickeln durchfuhr mich, für das ich keine Erklärung hatte. Ich hatte gerade fertig aufgeräumt, meinen Mantel angezogen und wollte mich auf den Heimweg machen. Er ließ sich auf einen Stuhl fallen, schleuderte seine dreckigen Schuhe von den Füßen und verkündete, dass er keine Zeit verlieren wolle, seine Füße angucken zu lassen, wenn schon ein Arzt ins Dorf gekommen wäre. Ich sagte ihm, dass ich bereits geschlossen habe und auf dem Weg nach Hause sei. Er entgegnete, er habe wohl Glück gehabt, mich überhaupt noch anzutreffen, und zog sich auch seine Wollsocken aus. Ich betrachtete diesen Mann, der mich stark an jemanden erinnerte, aber mir fiel beim besten Willen nicht ein, an wen. Obwohl er einen Vollbart hatte, sah ich, dass sein Gesicht verunstaltet war. Eine große, hässliche Narbe entstellte Mund und Nase. Seine Schuhe stanken so stark, dass ich sie nahm und vor die Tür stellte.

Er streckte mir seine Zehen entgegen und fragte, ob ich etwas für sie tun könne. Ich wies ihn an, sich zuerst die Füße zu waschen, dann würde ich sie mir ansehen. Während er im Bad war, rief ich zu Hause an und sagte Hrafn, dass ich aufgehalten worden sei und etwas später kommen würde. Wir wollten nämlich zusammen ins Schwimmbad gehen.

Er kam wieder ins Untersuchungszimmer. Barfuß und mit bis unters Knie hochgekrempelten Hosenbeinen stand er vor mir und lachte. Und wieder durchfuhr mich dieses Prickeln. Es war, als würde sich etwas in mir lösen. Ich wurde schwach in den Knien und musste mich setzen. Ich wies ihn an, sich auf die Untersuchungsliege zu legen. Er war so groß, dass seine Füße über die Kante der Liege hinausstanden, als er sich hingelegt hatte. Er sagte, seine Füße machten ihm schon lange Schwierigkeiten. Er lag auf dem Rücken und hatte seine Hände unter dem Kopf verschränkt. Das schwarze Haar war dick und zerzaust. Er sagte, dass die Nägel ständig in die Haut wüchsen, und dann habe er auch noch diese verdammten Wunden an den Fersen. Er gab an, dass es in letzter Zeit so schlimm sei, dass er sich kaum traue, nächste Woche am Schafabtrieb teilzunehmen.

Ich untersuchte seine Füße. Riesige Füße. Er hatte offene Wunden an Fersen und Zehen. Die zu langen Nägel hatten sich tief ins Fleisch gegraben und zu einer Entzündung geführt, die eiterte. An den Außenseiten der Füße hatte er dicke, aufgebrochene Hornhautschichten und Warzen unter beiden Fußsohlen. Ich begann damit, die Nägel zu schneiden. Sie waren dick und hart. Was dieser Mann einfach nur machen müsste, war, seine Füße besser pflegen. Er müsste die Nägel öfter schneiden. Ich erwähnte die Fußpflegepraxis im Altenheim. Wenn er regelmäßig dorthin gehen würde, dann wäre er nach ein paar

Besuchen wieder in Ordnung. Er setzte sich halb auf und fragte mich, ob ich wirklich glaube, dass er mit den alten Tanten aus dem Altenheim zur Fußpflegerin gehen würde. Er lachte lauthals. Ich trug Wunddesinfektionsmittel auf. Er rang nach Luft und zog seine Füße ruckartig an. Ich zog sie wieder zu mir her und fuhr mit der Wundreinigung fort. Währenddessen wälzte er sich hin und her, jammerte und stöhnte. Ich fragte ihn, welche Schuhgröße er habe. Er antwortete, er habe keine Ahnung. Er bekäme nie Schuhe, die ihm richtig passen. Es käme äußerst selten vor, dass er sich in die größten Nummern zwängen könnte, die die Verkäuferinnen bestellen.

Die Warzen waren groß und wuchsen nach innen, und ich sagte ihm, dass er sie entfernen lassen müsse. Das würde in der Fußpflegepraxis gemacht, aber ich würde jetzt erst einmal seine Wunden reinigen und verbinden.

Da habe ich Hrafn erneut angerufen und ihm gesagt, wir müssten den Schwimmbadbesuch auf morgen verschieben.

Der Mann war eingeschlafen, während ich telefoniert hatte. Lag da auf der Liege, die viel zu klein für ihn war. Schnarchte leise, seine Arme hingen kraftlos herab und reichten fast bis auf den Boden. Auf einmal hatte ich das Bedürfnis, mich zu ihm zu legen. Aber ich widerstand. Statt dessen klebte ich Pflaster auf seine Wunden. Dabei wachte er nicht auf. Dann massierte ich seine Zehen, strich über diese großen Füße, nahm sie auf meinen Schoß und massierte seine Fußsohlen und Spannen intensiv und lange. Dann weckte ich ihn.

Er wachte froh und ausgeruht auf, setzte sich, betrachtete seine Füße und war völlig überrascht, dass ich schon fertig war. Er lachte mich an, und schon wieder machte sich eine alte Erinnerung bemerkbar. Ich reichte ihm weiße Krankensocken und riet ihm, sie anzuziehen, als er wieder seine dreckigen Wollsocken anziehen wollte.

Ich ging hinaus, holte seine Schuhe und warf sie in den Mülleimer. Er sprang auf und holte sie wieder aus dem Müll und sagte, dass das ganz neue Schuhe seien, die er erst im Frühling gekauft habe. Er war wirklich entrüstet. Ich sagte, dass die im Geschäft doch wohl in der Lage sein sollten, Schuhe in der richtigen Größe für ihn zu bestellen. Dann brauchte er nicht zur Fußpflegerin ins Altenheim zu gehen. Er guckte hinunter auf die weißen Socken, die er jetzt anhatte und fragte, ob ich ihn ohne Schuhe nach Hause schicken wolle. Ich gab ihm ein Paar von den blauen Plastikschuhüberziehern, die in jeder Poliklinik neben dem Eingang im Körbchen lagen. Er nahm sie und lachte und kicherte, als er sie überzog und sagte, dass seine Frau sicher Augen machen würde, wenn er so nach Hause kommt.

Dann hinkte er hinaus, drehte sich aber in der Tür noch einmal um und fragte, ob ich ihr nicht Grüße bestellen lassen wolle.

„Wem?", fragte ich.

„Na, Sóley natürlich", sagte er und lachte wieder, als er meinen verwunderten Blick sah. Er fragte mich schelmisch, ob ich ihn wirklich nicht erkannt habe? Er sei mittlerweile allerdings hässlicher und fuhr dabei über

seine Narbe im Gesicht. Wie ich ihn nur vergessen konnte! Obwohl wir uns seit damals nicht gesehen hatten, hatte er mich jedenfalls nicht vergessen. Dann zog er hinter sich die Tür zu und ging.

Ich stand am Fenster und beobachtete, wie Kári Karlsson sich vom Haus entfernte. Hinkend in den blauen Plastiküberziehern über den weißen Socken, mit den Schuhen in seinen Händen.

Die Angeklagte war fünf Jahre alt, als ihre Mutter starb. Die Angeklagte gibt an, sich nur schwach und in undeutlichen Eindrücken an sie erinnern zu können.

Der Vater der Angeklagten hatte gerade ein Medizinstudium aufgenommen, war aber gezwungen, es abzubrechen, als seine Frau starb. Er hatte bereits ein Lehrerexamen abgelegt.

Als die Mutter gestorben war, zog die Angeklagte mit ihrem Vater aufs Land in den Norden, wo er eine Stelle als Schulleiter bekam. Sie wohnten zusammen in einer Wohnung im Schulhaus. Der Vater der Angeklagten galt als guter Lehrer und war auch ein angesehener Lyrikübersetzer.

Die Angeklagte gibt an, dass die Beziehung zwischen ihr und ihrem Vater eng und gut gewesen sei, aber ihr Vater habe unter Depressionen gelitten, und daher sei die Atmosphäre zu Hause oft drückend gewesen. Trotzdem ist die Angeklagte der Auffassung, dass sie eine schöne Kindheit gehabt habe, sie also ein glückliches Mädchen gewesen sei, dem es an nichts gefehlt habe.

Die Angeklagte hatte Sóley, die sie zu ihrer Schwester erklärte, und deren Wohnung sie als die ihre ansah ...

Ich weiß noch, wie Mama zu Hause im Bett lag, bleich und abgemagert. Ich erinnere mich ganz besonders an ihre Hände. Sie sahen aus, wie die von Papas Skelett, mit dem Unterschied, dass an ihren Händen noch Haut war. Papa studierte damals Medizin und hatte sich das Skelett für viel Geld gekauft. Seine Kommilitonen beneideten ihn sehr darum. Sie kamen oft zu uns nach Hause, lernten mit ihm und studierten die Knochen penibel genau. Als ich dann später Medizin studierte, bekam ich das Skelett geschenkt.

Mama starb zu Hause. Sie hatte es sich selber so gewünscht. In ihrem letzten Lebensmonat wurde sie nach Hause verlegt und durfte dort im Kreis ihrer Familie langsam Abschied nehmen. Ich muss sie sehr vermisst haben, ihr Tod war ein schwerer Schock für mich, denn ich hörte auf zu sprechen. Sagte ein ganzes Jahr lang kein Wort.

Papa und ich zogen in den Norden. Er hatte sich auf eine freie Direktorenstelle beworben. Ich erinnere mich noch gut an den Umzugswagen und den Fahrer. Er hatte behaarte Arme voller Tattoos. Ich erinnere mich auch noch gut an den Geruch in unserer Wohnung im Schulhaus. Sie war völlig leer und frisch gestrichen, als wir einzogen. Der Geruch war eine Mischung aus Farbe und Schule. Papa war nie mehr fröhlich, nachdem Mama gestorben war, oder nachdem er sein Medizinstudium abbrechen musste, ich weiß nicht, welcher der beiden Gründe eher zutraf. Er war schweigsam und ernst. Vielleicht war auch das der Grund, warum ich eine Zeitlang aufhörte zu sprechen. Ich hatte niemanden, mit dem ich reden konnte.

Jóhanna wohnte im Kellerzimmer, das unter unserer Wohnung lag. Sie kümmerte sich um die Reinigung der Schule und um Papa und mich. Nichts dergleichen stand in ihrem Arbeitsvertrag, aber sie erkannte schnell, dass sich jemand um diese schweigsamen, bemitleidenswerten Geschöpfe kümmern müsste. Sie kochte für uns, hielt die Wohnung sauber und wusch unsere Kleider. Ich glaube, Jóhanna wurde für diese zusätzliche Arbeit nie gesondert bezahlt.

Papa arbeitete in der Schule. Die Schule war sein Lebensinhalt. Das sollte ihm zum Schicksal werden. Denn in dem Jahr, als mein Vater das Pensionsalter erreichte und aufhörte zu unterrichten, starb er.

Mein Vater hatte immer Gedichte übersetzt. Er war einer der angesehendsten Lyrikübersetzer des Landes. Er übersetzte sowohl die herausragendsten Werke unserer Nachbarländer als auch unbekannte Gedichte aus fernen Ländern. Wenn er nicht unterrichtete, zum Beispiel an Wochenenden oder in den Sommer- und Weihnachtsferien, saß er ununterbrochen in seinem Arbeitszimmer und übersetzte. Obwohl er sich bei seiner Arbeit wohl fühlte, ein angesehener Übersetzer war und als guter Lehrer galt, hing immer über ihm diese dunkle Wolke, sah er immer so betrübt aus, was ich später bei einem anderen Mann kennenlernen sollte.

Papa war so ernst und freudlos, dass alle in seiner Anwesenheit ebenfalls ernst wurden. Er war ein warmherziger und liebevoller Vater, der sich aber nicht um mich kümmerte. Er mischte sich nie in meine Angelegenheiten ein, ließ mich im Großen und Ganzen meine Erziehung selbst in die Hand nehmen. Ich entschied mehr oder weniger selber alles, was mich betraf, wo ich mich aufhielt, wann ich nach Hause käme, wann ich schlafen gehen sollte. Papa lächelte mir nur wohlgesonnen zu, wenn er mich bemerkte und sagte: „Ach, du bist also da, kleiner Kamerad." Er nannte mich immer „kleiner Kamerad", auch nachdem ich schon längst erwachsen war. Aber es gab eine Entscheidung, die niemand fällen musste, die immer in der Luft gehangen hatte und als so selbstverständlich galt, dass sie nie besprochen wurde: Dass ich Ärztin werden sollte. Ich wuchs mit dieser Entscheidung auf und fand nichts selbstverständlicher.

Ich entdeckte früh, dass mein Leben nicht so war, wie das der anderen Kinder. Ich hatte keine Mutter, keine Geschwister, kein Zuhause, wohnte nur in der Schule, und es schien, als ob ich auch keine Verwandten hätte. Ich erinnere mich nicht daran, jemals jemanden getroffen zu haben, der sich als meine Tante oder mein Onkel vorgestellt hat. Und obwohl ich Jóhanna später in gewisser Weise als meine Erzieherin betrachtet hatte, habe ich das Gefühl, dass sie sich selber nur als Putzfrau der Schule gesehen hat. Ich kam ein Jahr früher in die Schule. Wahrscheinlich wusste Papa einfach nicht, was er mit mir anfangen sollte, als unser erstes Schuljahr im Norden anfing. Die einzige

Möglichkeit war, mich mit einzuschulen. Ich erinnere mich gut an den ersten Schultag. Papa führte mich ins Klassenzimmer und setzte mich in die erste Reihe, direkt vor das Lehrerpult, neben Sóley, und sagte zu ihr, dass sie von jetzt an auf mich aufpassen solle. Da legte sie ihren Arm um mich und drückte mich an sich. Ich nahm ihre Hand, drückte sie und sagte:

„Du hast ja viel dickere Hände als Mama!" Das war das erste, was ich sagte, seit meine Mutter gestorben war. Sóley war die größte der ganzen Klasse. Ragte mit ihrem hellen, langen Haar aus der Kinderschar heraus. Sie war auch die stärkste. Wenn sie von den Jungs geärgert wurde, ging sie auf sie los, nahm sie in den Schwitzkasten und verprügelte sie nach Strich und Faden.

Ich war sehr stolz und froh, neben Sóley sitzen zu dürfen. Ich sah zu ihr auf, und das mit grenzenloser Bewunderung. Sie war die schönste, die beste und die begabteste Schülerin. Alles, was sie sagte und tat, war richtig. Außerdem hieß sie ja auch Sóley, ich aber nur Thórhildur. Sie war richtig nett zu mir, und vom ersten Tag an beschützte sie mich. Ich war am jüngsten, am kleinsten und am dümmsten. Wir waren immer zusammen, oder genauer gesagt, ich lief immer hinter ihr her. Sie wohnte in Holt. Das war ein großer, stattlicher Bauernhof an der Dorfgrenze. Da stand auch die Kirche auf einem Hügel und thronte über der Siedlung.

Alles war so schön in Holt. Die Häuser, die Bauersleute auf dem Hof und alle ihre Kinder. Die Traktoren, Schafe und Kühe und sogar die Kuhfladen. Alles war schön und gut auf dem Hof. Sóley war die Älteste, und die Jüngeren scharten sich ständig um sie. Und mittendrin war ich. Ich erinnere mich an keinen Tag, an dem ich nicht in Holt gewesen wäre. Die Bauersleute sahen das als selbstverständlich an. Ich glaube, ich habe mehr Mahlzeiten in Holt gegessen als bei Jóhanna in der Schule. Weder Papa noch Jóhanna kritisierten das jemals.

„Wir sind ja eh schon so viele hier, da macht ein Esser mehr oder weniger auch nichts aus", sagte Sóleys Mutter und stellte einen zusätzlichen Teller für mich auf den Tisch.

Später, als ich reifer wurde und das eine Jahr Altersunterschied nichts mehr ausmachte, wurden wir gleichberechtigte „beste Freundinnen" und schworen uns ewige Schwesternschaft, in derselben ernsthaften Weise, wie Freunde sich ewige Bruderschaft schworen.

Vielleicht ist es nicht weiter verwunderlich, dass seine Mutter ihn nicht erkannte. Denn charakteristisch für ihn war, dass er keine besonderen Kennzeichen besaß. Er sah einfach nur sehr gewöhnlich aus. Er fiel überhaupt nicht auf. Farblos, wie Thórhildur. Ich fand, dass sein Aussehen nicht zu dem passte, der er war: ein berühmter Schriftsteller. Er war einer von jenen Palettenverfassern, wie wir sie nannten, denn ihre Bücher wurden vor Weihnachten auf Paletten in die Buchhandlungen geliefert, während wir Dichter uns glücklich schätzen durften, wenn ein Geschäft sich so risikobereit zeigte und ein paar wenige Ausgaben von unseren Büchern in Kommission nahm. Seine Bücher waren geprägt von einem merkwürdigen Humor und wurden Bestseller. Die Kritiker sagten, dass hier ein ganz neuer Ton in der isländischen Belletristik angeschlagen sei. Ich fuhr zu einer Lesung und hörte ihm zu, als er aus seinem ersten Roman vorlas. Er las derart monoton, dass man es sich schlimmer nicht hätte vorstellen können. Ich erinnere mich, wie ich damals noch dachte, dass dieser Schriftsteller sicher nie irgendwelche Aufmerksamkeit erregen würde. Aber das Gegenteil trat ein.

Wir hatten einmal gemeinsam an einer Lesereise durch die Westfjorde teilgenommen. Wir waren eine

Gruppe von zehn Autoren und verstanden uns gut. Aber Hrafn war nicht sehr gesellig. Nach den Lesungen ging er alleine spazieren, während wir anderen uns, wie es sich gehörte, zusammen an die Bar setzten. Er war langsam und schweigsam, und ich erinnere mich, dass ich damals schon den Eindruck hatte, eine geheimnisvolle Trauer und Schuld hänge über ihm. Ich sprach es gegenüber meinen Kollegen an. Sie waren derselben Meinung und sagten, man spüre es in seinen Werken, nämlich an seinem schwarzen Humor. Er war irgendeine Mischung von Witz und Trauer. Er war warmherzig und sympathisch und immer zu Scherzen aufgelegt, wenn er denn einmal bei uns saß und etwas sagte. Obwohl er sich auf dieser Reise zurückgezogen verhielt, bekam er die meiste Aufmerksamkeit. Wenn unsere Lesung beendet war und die Zuhörer das Wort erhielten, stellten sie ihre Fragen meistens an ihn.

Am letzten Abend gingen wir auf einen Ball, und mit allen Tricks der Überredungskunst gelang es mir, ihn mitzuziehen. Ich zeigte ihm mein Interesse an ihm und forderte ihn zum Tanz auf. Er tanzte einmal mit mir, aber völlig desinteressiert, dann bedankte er sich und verschwand vom Ball.

Als ich ihn später auf der Palliativstation auf unsere Reise ansprach, erinnerte er sich genau an alles, nur nicht daran, dass ich dabei gewesen war. Das hat mich sehr getroffen. Mir ist sehr wohl bewusst, ich gehöre nicht zu den bekanntesten Dichterinnen, über die jeder spricht. Aber dass ich so unbedeutend bin!

Als ich mit sechzehn ins Gymnasium wechselte, begann Sóley im Tiefkühlhaus zu arbeiten. Da trennten sich unsere Wege zum ersten Mal. Meine Schule war in einem anderen Bezirk, weshalb ich dort im Internat wohnte. Erstmalig seit ich sechs Jahre alt war, hatte ich Sóley nicht bei mir und fühlte mich wie ein Waisenkind.

Aber als der Sommer kam, direkt am ersten Ferientag, stand ich im Gefrierhaus und arbeitete dort. Da verbrachten Sóley und ich wieder jede Minute zusammen. Wir standen am selben Tisch in der Halle und säuberten die Fischfilets. Wir arbeiteten dieselben Schichten und nahmen dieselben Tage frei. Das war der Sommer, in dem wir Kári kennenlernten. Er kam aus dem Süden und begann in der Autowerkstatt zu arbeiten. Unglaublich groß und schmal, aber mit breiten Schultern und schwarzen, dicken Haaren. Außerdem besaß er dieses Wahnsinnsauto und fuhr wie ein Besessener.

Wir lernten ihn kennen, als er wegen der Pferde regelmäßig nach Holt kam. Er war Pferdeliebhaber und berichtete, dass er im Süden ein Pferd hätte. Sóleys Eltern hatten einen Pferdeverleih, und recht schnell unternahmen wir Ausritte zu dritt. Aber sein Auto, ein weißer Buick, war das Tollste, was wir je gesehen hatten. Ein weißglänzender Schlitten mit rotem Lederbezug auf den Sitzen. Sóley hatte gerade ihre Führerscheinprüfung bestanden und war von

Autos völlig eingenommen. Kannte alle Marken, hatte aber noch nie einen Buick gesehen. Sie bekam glänzende Augen, errötete vor Aufregung und hielt die Luft an, wenn er in all seiner Herrlichkeit vorbeibrauste. Man konnte kaum unterscheiden, wen sie mehr anhimmelte, das Auto oder den Fahrer.

Schon bald wurden die Ausritte von Ausfahrten abgelöst. Wir fuhren Abends mit dem Auto durch das Dorf, wir drei zusammen im breiten, weichen Vordersitz, der als Bank quer von einer Seite zur anderen reichte. Kári und ich hatten Sóley zwischen uns, denn sie war älter und größer und natürlich bekam sie deshalb den Jungen. Ich war noch nicht alt genug, um den Führerschein zu machen, lernte aber schnell.

Jetzt, wo ich mich an alles erinnere, erkenne ich, dass das der Anfang war. Da wurde mein Schicksal besiegelt.

Eines Abends, nachdem wir immer wieder durch das Dorf kutschiert waren, er mit einer Hand am Steuer und mit der anderen auf Sóleys Schultern, die sich an ihn kuschelte, bog er plötzlich von unserer Route ab, fuhr aufs Land und antwortete uns nicht, als wir ihn fragten, wohin er wollte. Dann fuhr er plötzlich eine scharfe Kurve und machte auf einer Heuwiese eine Vollbremsung. Da stieg er aus, ging mit schnellen Schritten um das Auto herum, riss die Tür auf, hob mich heraus und trug mich auf seinen Armen den gleichen Weg zurück und setzte sich wieder mit mir auf dem Arm hinter das Steuer.

„Jetzt fährst du, Tóta“, sagte er und setzte sich so zurecht, dass ich zwischen seinen Knien saß. Er begann

umgehend, mir alles zu zeigen und ließ jeglichen Protest von Sóley und mir unbeachtet. Er umschloss mich wie eine Muschel und ich spürte die Wärme und den Geruch seines Körpers. Da habe ich dieses Kribbeln zum ersten Mal gespürt. Plötzlich kam irgendetwas über mich. Ich bemerkte ein Verlangen nach etwas, das ich nicht kannte. Seine großen Hände hielten meine fest auf das Lenkrad gepreßt. Jede Bewegung von ihm steigerte diese unbekannte Sehnsucht, die Hunger glich, und ich sog alle seine Fahranweisungen auf. Er klemmte seine Oberschenkel an die Außenseite von meinen, und als ich die Kupplung durchtrat, wie er es mir sagte, wurde ich eng an ihn herangedrückt. Und der Hunger wuchs. Ich hatte das Gefühl, in irgendeinen rosaroten Traum zu entschwinden, aber ich kam wieder zu mir, als er mich plötzlich losließ. Er sagte, ich sei jetzt eine kompetente Autofahrerin und solle das Fahren übernehmen. Ich gehorchte und fuhr wie in Trance unter Einfluss dieses neuen Gefühls durch die ganze Landgemeinde, während Sóley und Kári auf dem Rücksitz schmusten.

Dann kam der Abschlussball, wie er genannt wurde. Er wurde jeden Herbst abgehalten, wenn die Sommerarbeitsleute im Gefrierhaus aufhörten. Damit war meine Arbeit beendet, und am nächsten Tag würde ich wieder auf dem Weg ins Internat sein. Wir gingen also auf den Ball, alle drei. Aber zuerst fuhren wir unsere Strecke aufs Land. Da übernahm ich das Steuer und die beiden machten es sich auf dem Rücksitz gemütlich. Ich fuhr das ganze Tal entlang, bis der Weg endete. Als ich das Auto anhielt, warf ich einen Blick in den Rückspiegel und konnte in der Dunkelheit erkennen, dass sie beide ihre Hosen ausgezogen hatten. Ich war schockiert und peinlich berührt. Ich stieg aus, setzte mich auf einen Stein in der Nähe und wartete ab. Kurze Zeit später rief Sóley mir zu, es wäre Zeit, sich auf den Ball zu begeben.

Sie gingen Hand in Hand in den Saal, und ich folgte ihnen. Sie so groß und hübsch, mit geröteten Wangen, glänzenden Augen und um eine Erfahrung reicher. Aber statt mit ihr zu tanzen, wandte Kári sich plötzlich mir zu und zog mich auf den Tanzboden. Und wieder schloss er sich um mich, dieser große Schild, und ich verschwand in seinen Armen. Ich weiß nicht, wie lange wir getanzt haben, aber Sóley war gegangen, als wir an den Tisch zurückkamen. Also fuhren wir zu zweit im Buick ins Tal, bis zu der Stelle, wo der Weg endete. Auf dem roten Lederbezug des Rücksitzes gab ich ohne zu zögern alles, was ich geben konnte, aber dafür erntete ich einen Zustand, der mich später ins Unglück stürzen und in die Verbannung treiben würde.

Am nächsten Morgen, als ich mit glänzenden Augen und um eine Erfahrung reicher nach Holt kam, um mich zu verabschieden, war Sóley im Kuhstall. Ich fragte sie unschuldig, warum sie denn nach Hause gegangen sei, als der Ball noch in vollem Gange war. Sie antwortete mir nicht, stand auf von der Kuh, die sie gerade molk, trat zu mir und gab mir eine schallende Ohrfeige, so dass ich schwankte. Dann riss sie mich an den Haaren und drückte mich runter in die Dungrinne und fauchte:

„Und ich dachte, wir wären Freundinnen!" Sie trat mir in den Bauch und verschwand. Ich hatte Schwierigkeiten, wieder auf die Beine zu kommen, war mit Kuhfladen von oben bis unten beschmiert, konnte mich nicht voll aufrichten, weil ich durch den Tritt keine Luft bekam. Ich wankte aus dem Kuhstall, wusch mir den meisten Mist am Bach ab, ging dann zur Kirche hinauf, warf mich dort ins Gras und weinte lauthals.

Da kam sie, legte sich neben mich, umarmte mich, und zusammen weinten wir weiter. Sie fragte mich, ob sie mich verletzt hätte, untersuchte mein Gesicht, fuhr mit ihren Fingern über meine heiße Wange, bat mich um Vergebung und küsste mich dann auf die Stelle, wo sie mich geschlagen hatte. Ich antwortete ihr, dass ich es wäre, die um Vergebung bitten müsste, aber sie bedeutete mir zu schweigen. Sie sagte, es sei aus, und sie sei darüber froh. Sie sei nicht in ihn verliebt. Er sei langweilig und dumm. Er sei so dumm, dass er noch nicht einmal lesen könne!

Und da, auf der Wiese oberhalb der Kirche, schworen wir uns ewige Blutsschwesternschaft. Sóley löste die Sicherheitsnadel, die den Reißverschluss an ihrer Hose hoch hielt. Sie stach sich mit der Spitze schnell in eine Fingerkuppe und quetschte einen Blutstropfen heraus, reichte mir dann die Nadel und wies mich an, das gleiche zu tun. Unsere Fingerspitzen berührten sich, unser Blut mischte sich. Sie zählte die Versprechen auf, die ich direkt nachsprach:

- Auge um Auge – Zahn um Zahn.

- Meins ist deins – deins ist meins.

- Ich verteidige dich – du verteidigst mich.
- Diejenige, die länger lebt, beerdigt die andere.

Dann fuhr ich in die Schule, und neun Monate später bekam sie ihr erstes Kind.

Irgendwann einmal, als Hrafn gerade mitten in seiner Erzählung war, verstummte er abrupt und fragte mich unvermittelt, warum ich nie geheiratet hätte. Und ich sagte ihm, ich sähe keinen Sinn darin, denn ich könnte keine Kinder bekommen. Eine Ehe sei in meiner Vorstellung ein Familienverbund, bestehend aus Mama, Papa, Kindern und Auto.

„Warum kannst du keine Kinder bekommen?", fragte er.

Da erzählte ich ihm, dass ich einmal als junges Mädchen nach Spanien gereist sei. „Dort schlief ich mit einem Jungen bei Vollmond am Strand, und dabei hat mich dieser Halunke mit Chlamydien angesteckt. Es war eine langwierige, ernsthafte Krankheit, an der ich lange herumlaborierte. Als die Entzündung endlich abgeklungen war, waren die Eierstöcke und Eileiter vernarbte Anhängsel, die nie ihre eigentliche Aufgabe erfüllen können."

„Warum habt ihr es bei Vollmond getan?", fragte er da. Ich verstand nicht, worauf er hinaus wollte, da sagte er mir, dass die Chlamydien zu dem Zeitpunkt am schlimmsten wüten, genau wie Graf Drakula. Davon hatte ich noch nie gehört. Er lachte und fragte mich dann gerade heraus, ob ich es ihm nicht besorgen könnte. Als ich ihm nicht sofort antwortete, weil ich mit einer Bitte aus dieser Richtung nicht gerechnet hatte, sagte er:

„Mach dir keine Sorgen, ich habe einen Gehirntumor, der ist nicht ansteckend."

Er hatte drei Bitten vorgebracht. Das war die zweite. Auch die konnte ich ihm erfüllen.

Sóley und ich verloren uns an dem Tag aus den Augen, an dem wir uns ewige Blutsschwesternschaft geschworen hatten. Es vergingen siebzehn Jahre, bis ich sie wiedersah. Papa zog in den Süden, denn er bekam eine Stelle an einer Grundschule in Reykjavík, ich hingegen wollte weiter im Norden bleiben und dort das Gymnasium beenden. Kurz nachdem die Schule im Herbst wieder angefangen hatte, bemerkte ich, dass ich schwanger war. Ich rief Papa an. Er holte mich ab und blieb bei mir während der Abtreibungsprozedur. Danach fuhr ich nicht mehr in den Norden. Papa fand, dass mir ein Umgebungs- und Schulwechsel gut tun würde, und ich befolgte seinen Rat. Ich zog daher zu ihm in die Stadt und ging dort auf ein Gymnasium. Ungefähr zur gleichen Zeit hörte ich, dass Sóley und Kári verlobt sind und er zu ihr nach Holt gezogen ist. Dann kam im Frühjahr ihr erstes gemeinsames Kind auf die Welt.

Gleich im ersten Herbst nach dem Abitur, damals war ich neunzehn Jahre alt, schrieb ich mich in der Universität ein. Im zweiten Jahr meines Medizinstudiums lernte ich Ottó kennen. Er studierte isländische Literatur, war aber bereits ein bekannter Schriftsteller. Sein erstes Buch erregte viel Aufsehen, für sein Buch Nummer zwei wurden ihm die angesehendsten Literaturpreise des Landes verliehen. Er hatte gerade die Preise erhalten und stand im Rampenlicht der Öffentlichkeit, als wir uns kennenlernten. Aber der Rummel um seine Person behagte ihm nicht. Er war schüchtern und zurückgezogen. Er wäre mir mit Sicherheit nie aufgefallen, wenn diese Preise nicht gewesen wären. Er erinnerte mich sehr an Papa. Schweigsam und ernst. Erst, als ich mit meinem Facharztstudium fertig war, fand ich einen Begriff für den Charakter meiner beiden Männer: depressiv.

Ich war von Ottós Büchern begeistert. Sie waren lyrisch und unverständlich, so wie es damals in Mode war. Nachdem wir ungefähr ein Jahr zusammen waren, wurde ich wieder schwanger. Da reagierte ich genau wie Papa beim ersten Mal. Mir fiel nichts anderes ein als abzutreiben. Aber das kam für Ottó überhaupt nicht in Frage. Er flehte mich an, das Baby auszutragen.

„Wenn du für mich dieses Kind bekommst, werde ich es für dich großziehen."

Und so kam es. Natürlich ergab es sich fast von selbst, dass er sich mehr als ich um die Erziehung kümmerte. Ich studierte noch, und er arbeitete zu Hause. Ich habe es nie bereut, dieses Kind bekommen zu haben. Hrafn war wunderbar, unglaublich brav und lieb, genau wie der Papa. Er hing sehr an seinem Vater und ging eher zu ihm als zu mir, wenn ihm etwas fehlte. Da ich später die völlige und bleibende Trennung von Vater und Sohn verursachte, finde ich, dass ich mein Schicksal verdient habe. Aber eines ist sicher: Hätte ich das, was ich heute weiß, damals gewusst, hätte ich mich nie derart von meinem Kind zurückgezogen.

Die Ehe von Ottó und mir war liebevoll und angenehm. Er war so fürsorglich und wollte alles für mich tun. Er kaufte ein und kochte. Er war ein guter Koch und genoss es, Gerichte zuzubereiten. Er ergriff in unserem Leben nur selten die Initiative, aber er war immer für mich da.

Ottó war normalerweise sehr ausgeglichen. Es kam kaum einmal vor, dass er zornig wurde, aber wenn, war er sehr nachtragend. Meistens war es wegen Lappalien. Als wir in Schweden wohnten, hatte Hrafn einen guten, gleichaltrigen Freund. Der Freund war völlig begeistert von einem Flaschenschiff, das Ottó gehörte und das er als Kind geschenkt bekommen hatte. Das Schiff war eines von Ottós Lieblingsstücken, und er wollte nicht, dass die Jungen damit spielten. Er verwahrte es auf dem obersten Regal. Irgendwie schaffte es der Freund seines Sohnes doch einmal, das Schiff herunterzuholen, und er zerbrach die Flasche. Ottó wurde fuchsteufelswild und warf den Jungen hinaus. Er erteilte ihm Hausverbot und untersagte Hrafn, jemals wieder mit ihm zu spielen. Ich fand das sehr schade, denn seine Mutter und ich waren gute Freundinnen.

Ottó war so misstrauisch, dass es schon an Verfolgungswahn grenzte. Unsere Wohnung lag im Erdgeschoss eines Mehrfamilienhauses. Man konnte direkt aus dem Haus den Garten betreten. Ottó war das nicht geheuer, und er wollte, dass wir innerhalb des Hauses eine andere Wohnung beziehen, sobald eine frei würde. Aber es wurde keine frei. Er zog immer die Gardinen zu. Das ging mir auf die Nerven. Wenn ich aus der Uni nach Hause kam, zog ich als erstes die Gardinen auf. Er erwähnte ein paar Mal, dass wir uns ein Gewehr besorgen und bereit halten sollten, falls jemand bei uns einbrechen würde. Für mich kam das nicht in Frage, denn ich war sicher, dass Ottó nicht zögern würde, das Gewehr auch zu benutzen, wenn ein ungebetener Gast auftauchte.

Aber im Großen und Ganzen ging es uns gut. Wir wären bestimmt heute noch verheiratet, wenn wir nicht in den Norden gezogen wären.

Es regnet seit drei Tagen ununterbrochen. Die Tropfen prasseln auf das Dach. Ein Geräusch wie von einem Fluss. Wir sitzen oben auf dem Dachboden. Sie im Schneidersitz strickend auf dem Bett, ich sitze auf dem Stuhl daneben. Auf dem Nachttisch zwischen uns drehen sich die Kassettenspulen im Gerät. Ich betrachte diese strickende Frau. Ihr Gesicht, das noch vor zwei Wochen so eben aussah, hat Falten bekommen. Und ihre Hände, die die Stricknadeln halten und erst weiß und glatt aussahen, sind jetzt gekrümmt und von hervorstehenden Adern gezeichnet. Das waren einmal die Hände einer Ärztin.

Ich versuche mir vorzustellen, wie sie als Ärztin ausgesehen hat. Die kleine, zerbrechliche Frau auf dem Bett passt überhaupt nicht in diese Rolle. Vielleicht war sie ja Homöopathin. Es ist seltsam, dass ihre Stimme ganz anders klingt, wenn sie auf das Band spricht, als wenn sie mit mir redet. Sie kommt mir vor wie ein anderer Mensch. Sie wirkt wie eine Hellseherin, die für einen Verstorbenen spricht, den sie nicht kennt. Sie hat keine Gefühle für ihre Vergangenheit, die sie mit allen schmerzhaften Erinnerungen völlig verdrängt hat. Wie zum Beispiel ihren Sohn. Oder Kári. Für sie gibt es nur eines: Vergessen.

Aber sie füllt die Rolle, die sie jetzt spielt, hervorragend aus. Die Rolle der Pulloverfrau. Die Pulloverfrau strickt unablässig und ohne auf die Nadeln zu gucken. Sie starrt mit fernem Blick auf die gegenüberliegende Giebelwand und redet. Die Worte strömen aus ihr heraus wie ein ungeduldiger Bach, der sich nach jahrelangem Drängen endlich einen Weg gebahnt hat.

Oder vielleicht ist sie nur wie der Regen auf dem Dach, der aus den Wolken platzt, die Hauswand hinunterläuft, im Rinnstein die Straße entlang und durch den Gulli in den Abwasserkanal fließt.

Als Sóley und ich uns nach all den Jahren wiedertrafen, kam es uns vor, als hätten wir uns nie getrennt. Wir waren zwar grundverschiedene Menschen und hatten jeweils Wege eingeschlagen, die unterschiedlicher nicht sein konnten, aber die Vergangenheit war immer noch in uns lebendig. Wir hatten es nicht eilig, uns zu treffen, als ich in den Ort kam. Hrafn und ich waren die Vorhut, denn der Junge musste bereits zur Schule gehen, bevor wir ein eigenes Haus gefunden hatten. Deshalb zogen wir erst einmal in eine provisorische Bleibe.

Es geschah ein paar Tage, nachdem Kári in meiner Poliklinik wegen seiner Fußbeschwerden aufgetaucht war. Ich stieg vor dem Lebensmittelgeschäft aus meinem Auto, als sie mir mit schweren Einkaufstüten in beiden Händen unerwartet entgegenkam. Wir erschraken, als wir uns so plötzlich wieder gegenüberstanden. Wir wurden schüchtern und grüßten einander oberflächlich. Keine Umarmung oder Küsse. Sie begann sofort, sich dafür zu entschuldigen, dass sie mich noch nicht besucht habe. Kári habe den Gruß ausgerichtet, aber sie habe so viel zu tun. Dann wandte sie sich voller Bewunderung meinem Auto zu. Sie stellte ihre Einkaufstaschen ab und ging einmal um meinen Wagen herum, trat gegen die Reifen und drückte auf die Motorhaube, um die Federung zu prüfen. Obwohl sie ganz schön zugenommen hatte, hat sie sich in dieser Hinsicht nicht verändert. Immer noch dieselbe Autonärrin.

Ich bot ihr an, sie nach Hause zu fahren. Sie nahm das Angebot dankend an. Sagte, dass sie ihre Karre nicht in Gang bekommen habe und Kári beim Schafabtrieb sei. Als sie sich auf den Platz neben mir setzte, seufzte und stöhnte sie. Sie roch nach Schafstall, wie früher. Und sie hatte immer noch Interesse an Autos, fuhr mit den Händen vorsichtig über das Armaturenbrett. Ihre Hände waren rauh und geschwollen, die Fingernägel gesprungen. Sie sagte, dass ein teures, schickes Auto das einzige sei, das sie sich wünsche, und fügte hinzu: Das komme wohl daher, dass sie sicher sei, dass sich dieser Wunsch nicht erfüllen werde. „Man sollte sich nie etwas wünschen, das sich erfüllen könnte." Ich fragte sie nach dem Buick, und sie sagte mir, dass es den nur diesen einen Sommer gegeben habe. Kurz nachdem ich den Ort verließ, fuhr Kári mit hundert Sachen in einen Graben. Damit hatte er nicht nur das Auto zu Schrott gefahren, sondern auch sein Gesicht entstellt.

Ihr Haar war strubbelig und dick, und die hellen Locken legten sich wie eine Welle über ihre Schultern. Ihr Gesicht war gerötet. Sie hatte eine zugeknöpfte Woll-Strickjacke an, die so eng saß, dass sie aufsprang, wo sie über die volle Brust gespannt war. Sie trug Jeans und kniehohe, glänzende Stiefel, die so aussahen, als wären sie neu.

Als ich auf den Weg nach Holt abbog, fragte ich sie, ob die neue Kirche nicht genau an der Stelle stehe, an der wir uns damals unsere ewige Blutsschwesternschaft geschworen hatten. Sie lachte und wunderte sich, dass ich mich noch an den Quatsch erinnern konnte. Ich hätte mir doch wohl wichtigere Sachen merken müssen, mit all den wissenschaftlichen Kenntnissen im Kopf.

Sie berichtete, der Schafabtrieb finde am nächsten Morgen statt, und fragte mich, ob ich nicht auch mit zu den Pferchen wolle. Ich sagte, ich werde wohl nicht mitkommen. Dabei war der Abtriebstag immer die Hauptattraktion des Jahres für Sóley und mich gewesen. Dann verabschiedeten wir uns.

Als ich nach Hause kam, hatte Hrafn schon von dem Abtriebstag gehört und wollte unbedingt hin. Er war sicher, dass alle dorthin fahren würden, Gudmundur, sein neuer Freund und Klassenkamerad, wolle ihn mitnehmen. Dann stellte sich heraus, dass dieser Gudmundur eines von Sóleys und Káris sechs Kindern war. Ich rief sie an und sagte ihr, ich hätte meine Meinung geändert, mein Sohn hätte bereits entschieden, dass wir hingehen würden. Ob sie vielleicht mit uns fahren möchte?

Lena hat an meine Tür geklopft und gesagt, ein höchst verdächtiger Ausländer frage nach mir.

„Wer ist das eigentlich?", fragt sie und guckt mich misstrauisch an. Ich sage ihr, dass ich keine Ahnung habe, erst müsse ich wohl nach unten gehen und ihn begrüßen. Während ich die Treppe hinunterlaufe, ruft sie mir hinterher, dass ich ihn nicht ins Haus lassen solle. „Er ist irgendwie merkwürdig!"

Der deutsche Schriftsteller steht breit lächelnd auf der Treppe und möchte uns zu einer Tanzveranstaltung einladen. Er erzählt, dass im Nationalpark ein großer Ball wegen des Valentinstags stattfindet und dort Bauchtänzerinnen auftreten.

Ich laufe hoch in mein Zimmer, ziehe mir schnell meinen roten, langen Rock und die schwarze, goldbestickte Bluse an und winde mir meinen langen, roten Seidenschal um den Hals. Dann springe ich noch eine Etage höher und hole Thórhildur, die sich erst sträubt, aber dann doch mitkommt. Lena läuft wie aufgescheucht über den Flur, als wir die Treppe herunterkommen.

„Ihr wollt doch nicht etwa mit dem da ausgehen?!", heult sie auf. Wir antworten ihr nicht, lassen sie einfach stehen.

Er erzählt uns, dass er zu Fuß vom Nationalpark

hierher gekommen sei. Dreißig Kilometer! Ich gucke auf seine Schuhe und überlege, dass sie dieses Mal wohl in der richtigen Größe sein müssten, denn jetzt hinkt er nicht.

Wir setzen uns ins Auto. Ich am Steuer, der Deutsche auf dem Beifahrersitz und Thórhildur auf der Rückbank. Wir fahren durch den Wald. Mein roter Seidenschal weht waagerecht, wie eine Freiheitsfahne im Fahrtwind hinter mir her und flattert laut. Der Deutsche neben mir sieht wie ein Höhlenbewohner aus, denn er hat einen braunen, verfilzten Wollpullover an. Thórhildur trägt ihre gewöhnliche Kleidung. Ich werfe ihm einen Blick zu. Seine Augenbrauen sehen aus wie kleine schwarze Vogelschwingen oder kitzelnde Bürstchen, denn sie stehen von der Stirn ab. Im Fahrtwind teilt sich sein langer Bart in der Mitte und legt sich dadurch an die Wangen wie Zügel bei einem Pferd. Er hält eine Flasche Jack Daniels in der Hand, nimmt einen großen Schluck und bietet Thórhildur die Flasche an. Die aber lehnt dankend ab. Dann reicht er sie an mich weiter, und ich finde nichts selbstverständlicher, als mir einen Schluck zu genehmigen. Da bietet Thórhildur sich an zu fahren, und auch das finde ich sebstverständlich.

Wir wechseln die Plätze, und ich betrachte den Nacken des Deutschen. Sein Haar ist schon ziemlich dünn, und er hat eine Glatze, die er mit den umgebenden Haaren verdeckt. Haare und die Bartzügel winken mir zu. Ich lehne mich im Sitz zurück und schaue in den Himmel. Die Fahrt führt in die Nacht, und der Sternenhimmel über den höchsten Baumwipfeln sieht aus wie ein schwarzes Tuch mit vergoldeten Pailletten.

Wir kommen in den Nationalpark. Mitten darin befindet sich eine Art Ferienhütten- oder Militärerholungssiedlung. Dorthin kommen Soldaten mit ihren Familien, um Urlaub zu machen. Dort findet auch der Ball statt. Thórhildur fährt auf das Siedlungsgelände, parkt das Auto vor dem Tanzlokal, und wir gehen hinein.

Zuerst kommen wir in einen hellerleuchteten Speisesaal, voller Leute jeden Alters. Rote Coca-Cola-Schilder blinken an den Wänden, einarmige Banditen übertönen die Geräuschkulisse, und Hamburgergrillgeruch zieht durch den Saal. Ein dunkelblonder Junge fällt Thórhildur auf, der wild auf den Knöpfen eines Spielautomaten herumdrückt. Er wendet uns den Rücken zu. Er könnte ungefähr zwölf Jahre alt sein. Wir gehen weiter, in den Saal, in dem der Ball gerade anfängt. Die Band hat bereits begonnen zu spielen, aber es hat noch niemand angefangen zu tanzen. Wir haben kaum den Saal betreten, als der Deutsche mich an sich reißt und auf den Tanzboden zieht.

Und schon wiederholt sich die Magie, die ich mit dem Maler neulich erlebt hatte. Wir geben uns ganz dem Tanz hin, werden Teil der Musik. Tanzen einen Tanz nach dem anderen. Dann kommt eine Pause.

Der Deutsche zieht mich an die Bar, und so sehr ich durcheinander bin, stoßen wir mit Whisky an.

Thórhildur sitzt in einer Ecke und betrachtet uns. Ich bekomme Gewissensbisse und habe den Eindruck, dass ich das, weswegen ich hier bin, aus den Augen verliere. Aber da kommen die Bauchtänzerinnen. Sie sind barfuß und haben nur Strohröckchen an. Die Musikanten begleiten sie auf Gitarren. Die Frauen beginnen zu tanzen und dabei zu singen. Sie lassen aufreizend ihre Hüften kreisen und bewegen so anmutig ihre Arme, dass sie sich wie Schlangen um die Körper winden. Als ich wieder das Lied „Unter dem blauen Himmel" höre, zupfe ich am Wollpullover neben mir, und wir mischen uns unter die Tänzerinnen. Wir hüpfen zwischen den Tänzerinnen umher, die diese unerwartete Unterstützung offensichtlich nicht zu schätzen wissen. Die Musikanten versuchen, die Situation zu retten und spielen jetzt ein schnelles Lied im Zweivierteltakt. Da reißt er mich hoch, wirft mich auf seinen Rücken und springt mit mir über den Tanzboden wie ein ungezähmter Hengst, jagt hin und her mit seinem grauen Haarschopf und dem wehenden Bart. Die Leute springen erschrocken zur Seite, wenn sich ihnen das wildgewordene Ungetüm nähert. Ich galoppiere auf meinem Pferd über Klüfte und durch Wüsten, weiter, weiter. Dann lässt das Tempo nach, ein seidenweicher Frühlingswind streichelt mein Gesicht, ich werde im Arm gewiegt und ins Gras gelegt, und als ich schon fast im Himmelreich bin, werde ich kräftig angestoßen. Wir müssen wohl eingeschlafen sein. Ich liege auf dem Boden, der Deutsche auf mir. Der Türsteher zieht mich auf die Füße, der Deutsche steht von alleine auf und wirkt genau so durcheinander wie ich. Und schon werden wir rausgeworfen.

Thórhildur sitzt hinter dem Steuer und folgt den Strahlen der Scheinwerfer in die tiefe Dunkelheit. Ich sitze auf dem Rücksitz, und in meinem Schoß liegt ein großer Kopf, der schnarcht.

Ich sah ihn sofort, als wir an diesem Abtriebstag zu den Schafspferchen kamen. Er stand mit einigen anderen Abtriebsmännern zwischen den Zuschauern im Kreis. Sie legten einander ihre Arme um die Schultern und sangen. Er thronte über allen und sang am lautesten, und das verbotene Kribbeln machte sich sofort bemerkbar. Ich ging hinter Sóley her und versuchte es zu machen wie sie; einfach vorbeispazieren, ohne ihm einen Blick zuzuwerfen. Sie trieb ihre Kinderschar zusammen, und dann begannen sie, die Schafe auszusortieren.

Ich sah ihnen zu, wie sie miteinander wetteiferten. Die drei ältesten waren schon Jugendliche, fast schon Erwachsene. Ich betrachtete Gudrun, das älteste Kind. Sie war das Spiegelbild ihrer Mutter. Wie hätte meines wohl ausgesehen? Gudmundur sah ganz anders aus, kam auf den Vater, mit schwarzen Augenbrauen und ebensolchen Haaren. Er hatte Hrafn bereits gezeigt, welche Markierung zu Holt gehörte, und zusammen nahmen sie sich die Lämmer vor und zogen sie in den entsprechenden Pferch.

Da sah ich, dass Sóley mit einem großen Widder in Schwierigkeiten war, und lief zu ihr hinüber. Der alte Bock weigerte sich, stemmte die Vorderläufe in den Boden und wollte sich einfach nicht irgendwohin zerren lassen. Wir zogen beide mit Leibeskräften an je einem Horn, aber er bewegte sich keinen Millimeter. Plötzlich hob er ab und flog in den richtigen Pferch. Kári hatte eingegriffen, den Bock zu sich gezogen, mit beiden Händen hochgehoben und ihn wie einen Heusack geworfen. Umstehende, die gesehen hatten, wie das Tier behandelt wurde, protestierten lautstark, gingen aber nicht weiter darauf ein, als sie sahen, dass der Widder keinen Schaden genommen hatte. Und Kári lachte nur darüber, nahm uns in die Arme und nannte uns seine beiden lieben Frauen. Er war heiser nach dem Abtrieb und dem Gesang. War dunkelrot im Gesicht vor lauter Anstrengung und Arbeit im Freien. Er roch nach süßlichem Wein.

„Meine beiden Lieben", wiederholte er nuschelnd immer wieder und küsste uns abwechselnd. Sóley stieß ihn unsanft von sich: „Du solltest dich nicht immer wie ein Idiot benehmen!" Er war erstaunt und fragte, ob er seine beiden Frauen nicht küssen dürfte? Sie antwortete ihm nicht, eilte fort und rief mir beim Weggehen zu, sie wolle in die Kaffeehütte. Er aber ergriff meinen Arm, hielt mich fest und fragte, ob ich ihn wirklich vergessen hätte. Ich fragte zurück, wie es seinen Füßen ging. Da erinnerte er sich an sie, lebte auf und berichtete, dass die Fußpflegerin im Altenheim Wunder vollbracht habe. Er lachte und sagte: „Ich bin ohne Schmerzen die Abhänge hoch und runter geflitzt, als ob ich Flügel hätte." Dann beugte er sich nieder und zog einen Fuß aus dem Gummistiefel. Ich sah, dass sie neu waren und lobte ihn deswegen. Er sagte: „Ich habe den ärztlichen Rat befolgt und mir Gummistiefel aus der Hauptstadt bestellt. Ich habe

sogar in ein zweites Paar für meine Alte investiert." Er fiel rücklings hin, als der Fuß aus dem Stiefel rutschte. Er hatte immer noch die weißen Baumwollsocken der Poliklinik an. Ich half ihm beim Aufstehen. Er schwankte und hielt sich an meinen Schultern fest. Er drückte mich an sich, knetete meine Brüste und flüsterte mir ins Ohr, ob wir nicht ans Flussufer wollten, damit ich ihm seine Füße massieren könnte, alle drei.

Es war, als hätte ein Blitz in mich eingeschlagen, und ein heißes Zucken durchfuhr mich. Mir wurden die Knie weich und ich sank fast nieder, als Kári mich festhielt und verwundert fragte, ob ich ohnmächtig würde. Es gelang mir, mich von ihm loszureißen und in die Kaffeehütte zu Sóley zu fliehen. Aber er kam mir nach. Als er eintrat, stolperte er über die Schwelle und knallte mit Getöse auf den Fußboden. Alles bebte und klapperte, das Geschirr tanzte auf den Tischen, und der Kaffee schwappte aus den Tassen. Und Sóley sprang auf und verschwand.

Ich folgte ihr zu meinem Auto. Wir setzten uns hinein, und ich reckte mich nach der Whiskeyflasche, die ich im Handschuhfach hatte und nahm einen ordentlichen Schluck. Sóley riss mir die Flasche aus der Hand und genehmigte sich ebenfalls einen Schluck. Wir sprachen kein Wort, während die Flasche einige Male zwischen uns hin und her ging, bis der Alkohol anfing, unsere überspannten Nerven zu beruhigen, die aus so verschiedenen Gründen angeregt waren. Sie sagte, dass sie einfach nicht verstünde, warum sie immer wieder an diesen verdammten Schafsabtrieben teilnähme. Es müsse ein Fluch auf ihnen liegen.

Immer passierte etwas Peinliches! So wie sie sich kenne, würde sie heute Abend sicher wieder weinend in den Kuhstall gehen. „Warum muss Kári sich immer wie ein Obertrottel benehmen, immer am besoffensten sein und sich am wüstesten aufführen? Wenn er auch schon in betrunkenem Zustand schlimm ist, noch unerträglicher ist er, wenn er seinen Kater hat. Dann ist er derartig schlecht gelaunt und aufbrausend, dass es äußerst gefährlich ist, sich in seiner Nähe aufzuhalten." Plötzlich hatte sie keine Lust mehr, bei den Pferchen zu bleiben. Sie wollte die jüngsten Kinder holen und fragte mich, ob ich sie nach Hause bringen könnte.

Ich wartete im Auto, während sie die Kinder suchte. Ich beobachtete, wie Kári torkelnd aus der Kaffeehütte kam und auf einige Männer zuging, die beim Abtrieb dabei waren. Sie lehnten sich an eine Pferchwand und ließen einen Flachmann kreisen. Er ließ sich mit seiner Flasche neben sie fallen. Die neuen Stiefel glänzten. In dem Moment ging Sóley mit den beiden jüngsten Töchtern an ihm vorbei. Kári rief sie. Sie antwortete nicht und eilte in meine Richtung. Da sprang er auf, torkelte hinter ihr her und rief wieder etwas. Daraufhin wartete sie auf ihn, und als er bei ihr angekommen war, wechselten sie ein paar Worte. Da hob er plötzlich seine Hand und schlug sie ins Gesicht. Man konnte empörte Rufe der Abtriebsmänner hören. Einige von ihnen sprangen auf, aber Sóley rannte mit den heulenden Mädchen im Schlepptau davon und war schon in meinem Auto, bevor er sie einholen konnte. Aber da erschienen auf einmal Gudmundur und Hrafn.

Gudmundur rief seinem Vater etwas zu, woraufhin Kári auf die beiden zuging, seinen Sohn auf die Erde warf und ihm noch ins Gesicht trat, bevor die Abtriebsmänner eingreifen konnten.

Ich sprang aus dem Auto, um den Jungen zu versorgen, seine Nase blutete und die Lippe war gesprungen. Aber er war tapfer, machte nicht viel Aufhebens darum und war strikt dagegen, umgehend mit uns nach Hause zu kommen.

Hrafn stand daneben und beobachtete erschrocken das Geschehen. Trotzdem wollte er mit seinem Freund vor Ort bleiben. Ich öffnete die Arzttasche, die ich immer im Auto dabei hatte, holte Watte für Gudmundur heraus und sagte den Jungen, dass ich bald wiederkommen und sie abholen würde.

Sóley saß wie versteinert auf dem Beifahrersitz und starrte geradeaus, als ich mich wieder ins Auto setzte. Ihre Wange war glühend rot. Die Mädchen saßen schniefend auf der Rückbank. Ich fragte, ob es ein fester Schlag gewesen sei. Sie bebte vor Schluchzen und versprach sich selbst, dieses Mal sei definitiv das letzte Mal gewesen, dass sie zum Schafsabtrieb ging. Ich reichte ihr die Whiskeyflasche, und sie nahm einen tiefen Schluck. Damit war alles wieder gut, und die Mädchen waren beruhigt.

Ich setzte Mutter und Töchter zu Hause in Holt ab und wendete sofort wieder, um die Jungen zu holen. Da waren sie schon mit den älteren Holtskindern losgeritten und trieben die Schafe vor sich her. Gudrun führte das Pferd von Hrafn, denn er konnte noch nicht reiten. Er hielt sich am Sattel fest und strahlte vor Stolz. Gudmundur ritt sein Pferd alleine, mit Wattebäuschen in beiden Nasenlöchern.

Aber ich fuhr trotzdem weiter. Ganz instinktiv.

Er lief alleine am Pferdekorrall auf und ab und behauptete, er könne sein Pferd nicht finden. Ich öffnete die Autotür des Beifahrersitzes, und er quetschte sich hinein, so riesig wie er war. Ich beugte mich über ihn und griff nach dem Hebel unter seinem Sitz. Der rutschte weich zurück, und jetzt hatte Kári genügend Platz für seine langen Beine. Er lachte und jauchzte wie ein Kind und fand es sehr lustig, sich so rückwärts gleiten zu lassen.

„Mach es nochmal", bat er.

Ich fuhr los. Er rutschte ganz an den Rand des Sitzes und lehnte sich an die Tür und betrachtete mich. Sagte kein Wort, betrachtete mich nur mit seinen heißen Augen, die wie glühende Kohlenstücke aussahen. Sagte wieder, er könne es einfach nicht glauben, dass ich ihn vergessen habe.

Er rutschte näher an mich heran, legte seinen Arm um meine Schultern, begann zu singen und spielte dabei an meinem Ohrläppchen. Ich fuhr schweigend, und er sang. Da nahm er plötzlich meine Hand vom Lenkrad und legte sie in seinen Schritt. Er war draußen. Völlig steif zeigte er gen Himmel. In dem Augenblick verließ mich jegliche Vernunft. Ich machte eine Vollbremsung, und als das Auto am Wegrand zum Stehen kam, hatte Kári bereits unsere beiden Sitze nach hinten gelegt. Danach erlitt ich wohl einen Gedächtnisverlust, denn ich kann mich erst wieder an den Moment erinnern, als ich die Einfahrt nach Holt hinauffuhr und ein großer schwerer Kopf in meinem Schoß lag und schnarchte.

Mit einem Schlag bin ich hellwach. Ein starkes, kraftvolles Gefühl überkommt mich. Meine innere Spannung löst sich. Ein warmes Wohlgefühl steigt in mir auf. Ich liege auf dem Rücken im Bett und mache mich so breit wie möglich. Strecke mich dem Wohlgefühl entgegen. Von außen hört man ein tiefes Grollen. Etwas Großes, Kräftiges nähert sich stetig. Eine Kraft, die gleichzeitig furchteinflößend und angenehm ist. Jetzt kommt es. Das Haus erbebt und zittert. Das Beben beginnt langsam, wird aber immer stärker, wie bei einem Pferd, dass sich Wasser abschüttelt. Ich öffne mich noch mehr und lasse ihn eindringen. Das Bett schlägt Wellen. Gegenstände fallen aus den Regalen, Bilder von den Wänden. Ich sauge jede Bewegung auf, jede kleinste Regung dieser Kraft, die über und unter mir und um mich herum dröhnt. Ich befeuchte meine Lippen und versuche, etwas zu schmecken. „Ja, ja", flüstere ich ins Zimmer. „Ja, ja ..." Dann hört alles auf, es wird still, schließlich kommt dieses bodenlose, tiefschwarze Schweigen.

Und dann – Lenas Geheul. Sie jault wie eine Katze, der man auf den Schwanz getreten hat

„Ein Erdbeben, ein Erdbeben! Ich hasse Erdbeben!" Sie hämmert an die Tür. Ich fühle mich genötigt, ihr aufzumachen. Sie hüpft und springt vor meiner

Tür auf und ab wie ein Ball, das Gesicht knallrot vor Aufregung, und die glatten Haare ihres Pagenkopfes stehen in die Luft.

„Ich ertrage es nicht, alleine zu sein“, jammert sie, und für einen Augenblick habe ich das Gefühl, dass sie von mir umarmt werden will. Da beginnt es wieder. Das Haus zittert, mich durchfährt ein wohliger Schauer. Aber da klammert sich Lena an meinem Arm fest und zerstört alles. Nie war ich so knapp davor, jemandem eine Ohrfeige zu verpassen!

„Ich habe ja solche Angst! Was soll ich denn tun?! Das ist das erste Erdbeben, seit mein Mann mich verlassen hat. Ich bin so alleine!“

Ich rate ihr, aus dem Haus zu gehen und sich unter freiem Himmel aufzuhalten, da fühle sie sich vielleicht besser. Und ich bitte sie, mich nicht noch einmal zu stören, denn ich möchte gerne weiterschlafen.

„Du bist ja genauso verrückt, wie die andere!“, schimpft sie beim Rausgehen.

Jetzt begannen gute Zeiten. Ottó war gekommen, und wir kauften unser Haus. Ein weißes Steinhaus. Es stand ein wenig außerhalb des Dorfes, unten bei der Flussmündung. Deshalb hieß es auch Ós, auf Isländisch Mündung. Es war der nächste Hof unterhalb von Holt. Ungefähr ein halber Kilometer lag zwischen den Häusern.

Als wir es uns anschauten, sagte Ottó, kein anderes Haus komme in Frage. Es hatte zwei Etagen. Zuerst kam man in eine große, geräumige Diele, dann ging man drei Stufen hoch auf die Hauptetage. Hier befanden sich die Küche, das Wohnzimmer und Ottós zukünftiges Arbeitszimmer. Darüber waren die Schlafzimmer und das Bad, und unter dem Haus war ein großer, nicht eingerichteter Keller.

Ottó kümmerte sich darum, alles einzuräumen. Er genoss es, uns ein Nest zu bauen und ein richtiges Heim einzurichten.

„Es ist, als ob man ein neues Buch aufschlägt, eine neue Geschichte", sagte er.

Weil wir bisher keinen festen Wohnort hatten, besaßen wir auch nicht viele Möbel. Aber wir besaßen Bücher und jede Menge Kristallkram.

Als ich Ottó kennenlernte, sammelte er Bücher. Sein Zimmer war von Büchern überschwemmt. Vor lauter Bücherstapeln, die bis unter die Decke reichten, war es kaum möglich, sich in seinem Zimmer zu bewegen. Zu ihm ins Zimmer zu kommen war, wie in eine mit Heu gefüllte Scheune zu gehen, in der nicht genügend Trampelpfade und Gänge angelegt worden waren. Es gab zwei Wege in seinem Zimmer: Der eine führte zum Bett und der andere zum Schreibtisch. Andere Wege waren in diesem Zimmer nicht notwendig.

Irgendwann wurde bei ihm eine Hausstauballergie diagnostiziert, und der Arzt empfahl ihm, nicht zwischen all diesen Büchern zu schlafen. Da packte er sie alle in Kisten und brachte sie auf den Speicher im Haus seiner Mutter.

Aber die Sammelleidenschaft schlummerte weiter in ihm, denn als wir kurze Zeit später nach Schweden zogen, verlegte er sich auf das Sammeln von Kristall.

„Kristall hat die Eigenschaft, keinen Staub anzuziehen", sagte er und sortierte die Gläser oder Vasen, oder was er sonst auf einem Trödelmarkt oder einer Versteigerung erstanden hatte, auf die Regale in unserem engen Wohnzimmer in Stockholm. Da wohnten wir vier Jahre lang. Und niemand konnte ahnen, dass diese Wohnung der längste gemeinsame Aufenthaltsort im Leben von uns dreien sein würde.

Die Bücherkisten und der Kristallkram, der ebenfalls auf Schwiegermutters Speicher auf bessere Zeiten gewartet hatte, wurden so bald wie möglich zu uns in den Norden geschickt. Ottó erkannte sofort, dass der Keller hervorragende Möglichkeiten bot. Dort sollte die Bibliothek sein. Und ich sollte dort auch einen

Arbeitsraum bekommen. Er führte mich durch den Keller und zeigte mir die Zimmer, die er für mich einrichten wollte. Dort sollte meine Heimpraxis entstehen. Ich sollte nicht ständig wegen irgendwelcher Lappalien in die Poliklinik fahren müssen. Die Patienten könnten stattdessen zu mir kommen. Und er richtete eine Bibliothek ein. Er sortierte und registrierte und reihte die Bücher gewissenhaft rundherum in Regale. Ich bekam meine Heimpraxis und Hrafn sein Zimmer für all seine Sachen. So richtete er das Haus für uns ein.

Unser Zuhause war sein Arbeitsplatz. Er schrieb dort. Saß am Computer und tippte, stand dann plötzlich auf und begann, mit dem Staubsauger zu hantieren, Staub zu wischen, zu bügeln, ein Zimmer einzurichten oder Bücher einzusortieren. Machte das alles zerstreut, wie unbewusst, während er sich ein Gedicht oder eine Geschichte ausdachte. Dann plötzlich ließ er alles stehen und liegen, was er gerade in der Hand hatte, setzte sich an seinen Schreibtisch und schrieb nieder, was in seinem Kopf entstanden war. So arbeitete er.

In den zwei Jahren, die wir in Ós wohnten, ging er nirgendwo hin. Sein Herausgeber kam zu ihm, oder sie schrieben sich. Er war immer zu Hause, kümmerte sich um sich, um mich und Hrafn und um die Wohnung. Ruhig, einfühlsam und warmherzig. Wie mein Papa. Wenn man am Ende eines anstrengenden Tages nach Hause kam, war es, als ob man ein Heiligtum betreten würde. Ein bestimmter Geruch hing zu Hause in der Luft. Ein warmer Atem von Frieden und leichten

Tönen aus der Stereoanlage. Ein Duft von irgendetwas Weichem und Angenehmen. Alles stand in Reih und Glied. Ottó machte alles richtig. Alles, was er tat, war irgendwie besonders stilvoll. So waren auch seine Bücher. Obwohl ich sie damals nicht verstand, war es, als ob man herrlichen Edelcognac oder schweren samtweichen Rotwein trinken würde, wenn man sie las. So war auch Ós. Der Kristallleuchter hing in der Diele. Ottó ersteigerte ihn für einen horrenden Betrag in Prag. Er erfuhr von dieser Versteigerung, als wir in Schweden wohnten, und fuhr mit dem Zug dorthin. Einen Tag später kam er mit diesem riesengroßen Kristallleuchter zurück, der bestimmt hundert Kilo wog. Endlich bekam er einen ihm gebührenden Platz. Jedesmal, wenn jemand durch die Diele ging, klingelten die Kristalltropfen freundlich. Ich bin sicher, dass unser erstes Jahr dort die beste Zeit in Ottós Leben war. Er war besser gelaunt als vorher und vielleicht sogar glücklich.

Auch Sóley veränderte sich. Es war, als würde sie aus einem langen Winterschlaf erwachen. Sowohl der abgespannte Gesichtsausdruck als auch ihre Müdigkeit verschwanden, und der alte Glanz in den Augen blitzte wieder auf. Sie interessierte sich wieder für ihr Aussehen und ihre Kleidung. Auf einmal hatte sie eine hellblaue Bluse an, die sie einmal im Ausverkauf erstanden hatte. Sie sagte, sie könne sich nicht erinnern, wann sie sich zum letzten Mal ein Kleidungsstück gekauft habe. Die Bluse sei zwar etwas eng, aber damit müsste man leben. Jedenfalls eine schöne Bluse und dazu noch in ihrer Lieblingsfarbe.

Gudrun, ihre Tochter, bearbeitete sie ständig, mit ihr ins Fitnessstudio zu kommen, aber das fand sie blödsinnig. Sie war der Meinung, dass sie sich genug bewegte, wenn sie sich um die Kühe kümmerte. Eigentlich zu viel, deshalb sei sie auch immer so müde. Sie müsste nur darauf achten, nicht immer wie ein Schwein alles Essbare in sich hineinzustopfen.

Sie begann, regelmäßig abends zu uns zu kommen. Sie blieb lange und erzählte. Hatte ihre Stricksachen dabei, denn sie sagte, sie könne nicht tatenlos herumsitzen.

Sóley war einer der wenigen Mernschen, dem es gelang, irgendeine Art von Kontakt zu Ottó aufzubauen. Er mischte sich nicht gerne unter Leute. Hielt sich meistens für sich. Aber er hatte Spaß daran, sich mit Sóley zu unterhalten.

„Sie ist so einfach und geradeheraus", sagte er oft.

Sóley las Bücher. Das war der einzige Luxus, den sie sich gönnte. Das war etwas, das niemand ihr wegnehmen konnte. Sie hatte alles gelesen, was Ottó geschrieben hatte.

„Sie hat diese frische und unverdorbene Meinung über Literatur. Diese klare Einfachheit, die ungebildete Leute ausmacht", sagte Ottó. Auf dieser Ebene trafen sie sich. Er lebte völlig auf, die schwere und ernsthafte Miene verschwand, und er konnte sogar lustig sein!

Ich warte auf ihn. Auf meinen lieben Fremdling. Er will mich auf den höchsten Berg der Welt mitnehmen. Thórhildur wollte dieses Mal nicht mitkommen. Als ich vorhin zu ihr in das Dachzimmer gegangen war, lag sie immer noch im Bett, mir den Rücken zugewandt, und sagte, ohne sich umzudrehen, sie wolle in Ruhe gelassen werden.

Jetzt hupt er vor meinem Fenster. Ich laufe hinunter und hinaus. Er ist schon zum Haus gekommen, nimmt mich in den Arm und trägt mich zum Auto. Ein alter, verrosteter Pick-up, den er von einem Bekannten geliehen bekommen hat, der sich um den Nationalpark kümmert, denn auf den Berg hinauf schafft das Cabrio es nicht.

Er sagt, diese Insel habe die Figur einer Frau, die halb unter Wasser liegt und sich auf dem Rücken treiben lässt. Nur ihre beiden Brüste ragen in den Himmel auf und sind die höchsten Berge der Welt, wenn man vom Meeresgrund aus misst. Ich lehne mich dicht an ihn und lege meinen Arm auf seinen Oberschenkel. Er lenkt mit der einen Hand, die andere hat er mir um die Schultern gelegt. So fahren wir durch die steil ansteigende Landschaft, durch Lavafelder und Wald. Jetzt sieht man keine Bäume mehr. Wir haben die Waldgrenze hinter uns gelassen, und die Vegetation wird karger. Da sehen wir das Schild, das uns den Weg zum Gipfel weist.

Jetzt sind wir im ewigen Schnee angekommen. Die Straße ist geräumt. Wir fahren durch diese tiefe Schneise und sehen nichts anderes als aufgetürmte Schneewälle. Plötzlich sind wir auf dem Gipfel, parken das Auto auf dem Parkplatz, und mein Liebster springt hinaus und wälzt sich in seinem braunen Wollpullover im Schnee, der in seinem wilden Kopfhaar und seinem Bart hängen bleibt. Er sieht aus wie ein Schneeriese. Er winkt mich heran. Ich bin barfuß, habe eine kurze Hose und eine ärmellose Bluse an. So laufe ich zu ihm, werfe mich in die Arme meines Schneeriesen, und wir wälzen uns im Schnee auf dem Gipfel des höchsten Berges der Welt. Er streichelt mich mit seinen großen Händen, die auf einmal überall sind. Trotzdem bin ich völlig durchgefroren. Ich mache mich von ihm los und laufe zurück zum Auto. Er folgt mir, wobei er seine Sachen abwirft und auf dem Weg liegen lässt. Splitternackt kommt er ins Auto, dann in mich.

Völlig fremde Gefühle kommen über uns. Mein Kopf und mein ganzer Körper scheinen unendlich leicht zu sein. Dann beginnt sich alles vor meinen Augen zu drehen und mir wird schlecht. Ihm ergeht es genau so. Er ist kreidebleich im Gesicht. Wir hören ein Auto kommen. Ich springe aus dem Wagen und sammle die Kleider des Schneeriesen ein. Er hat gerade das letzte Teil angezogen, als das Auto neben uns eingeparkt wird. Mir ist immer noch schlecht, ich habe hämmernde Kopfschmerzen, und mein Liebster fällt fast in Ohnmacht. Der Fahrer des anderen Autos reißt unsere Fahrertür auf, und der Schneeriese sinkt in seine Arme. Der Mann hat eine Sauerstoffflasche dabei und hält ohne zu zögern die Atemmaske vor das Gesicht das Ohnmächtigen. Mein Liebster kommt schnell wieder zu sich. Dann reicht der Mann mir die Maske herüber, und auch mir geht es gleich besser, als der Sauerstoff wieder durch mich fließt.

„Du hast die Sauerstoffflaschen vergessen, mein Freund“, sagt der Fremde. „Jemand, der diese Höhen nicht gewohnt ist, sollte immer Sauerstoff dabei haben.“ Das ist also der Freund, der Nationalparkwächter. Es bleibt nicht bei der Atemmaske, er gibt uns auch noch Aspirin. Dann ist er genauso schnell verschwunden, wie er gekommen war. Wir bleiben noch eine Weile sitzen und wechseln uns mit der Sauerstoffmaske ab, bis unsere Körper wieder in einem normalen Zustand sind.

„Aber das war es wert“, sagt mein Liebster, lacht und drückt mich so fest, dass ich fast in ihm verschwinde. Dann lässt er mich los, startet den Motor, gibt Gas und braust den Berg hinunter. Das Tiefland nähert sich uns in rasender Geschwindigkeit, und nur einen kurzen Moment später baden wir uns im warmen Meer 4205 Meter tiefer.

Ásgeir, der Leiter der Poliklinik, kam eines Tages zu mir ins Behandlungszimmer und sagte, dass vier Leute sich für die Stelle des Krankenwagenfahrers beworben hätten. Ich solle mit ihm die Bewerbungen durchgehen. Es stellte sich heraus, dass Kári einer der Bewerber war. Ich war überrascht, denn weder er selbst noch Sóley hatten es mir gegenüber erwähnt. Bevor ich noch richtig nachgedacht hatte, sagte ich, dass ich Kári für geeignet halte, er sei groß und stark, und das sei von Vorteil.

Ásgeir war anderer Ansicht. Seiner Meinung nach war Kári derjenige, der überhaupt nicht in Frage kam. Macht nur Scherereien, trinkt zu viel und wird durch Alkohol bösartig. Ásgeir kannte Kári gut, denn er war mit Sóleys jüngster Schwester verheiratet. Er sagte, es handle sich um eine verantwortungsvolle Stelle. Ein Krankenwagenfahrer müsse ständig in Rufbereitschaft sein. Außerdem müsse er Kurse in Erster Hilfe und Krankentransport belegen. Er könne sich seinen Schwager Kári nicht in solchen Kursen vorstellen.

Ich dachte an Kári und Sóley. Ich wusste, Kári braucht unbedingt diese Stelle. Denn die Werkstatt, in der er bisher gearbeitet hatte, war pleite gegangen. Der Bauernhof von Sóley alleine reichte nicht aus, diese große Familie zu ernähren. Ich wies Ásgeir auf Káris Erfahrung mit Autoreparaturen hin, sagte: „Das ist sein großer

Vorteil. Ich weiß aus eigener Erfahrung, dass er ein guter und sicherer Fahrer ist. Und um die Kurse werde ich mich kümmern. Ich werde ihn unterrichten."

Ásgeir sagte: „Es ist deine Sache, wer eingestellt wird, weil du in den meisten Fällen mit dem Krankenfahrer zusammenarbeiten musst. Ich bin dafür, das Problem direkt anzugehen, nach Holt zu fahren und meine Schwägerin nach ihrer Meinung zu fragen. Zu hören, was sie über die Trinkgewohnheiten von Kári zu sagen hat."

Er bekam die Stelle. Er kam in die Poliklinik gestürmt und bedankte sich bei mir. Er sagte: „Mir ist klar, dass du deine Finger im Spiel gehabt hast." Was ich verneinte. Ich sagte ihm: „Bedanke dich bei Ásgeir!".

„Du wirst es nicht bereuen, wir werden ein gutes Team", sagte er, zwinkerte mir zu und war wieder verschwunden.

Sóley rief am Abend an, völlig überrascht, dass Kári die Stelle bekommen hatte. Ásgeir hatte sie gefragt, ob sie ihm die Arbeit zutraue, und sie hatte geantwortet, sie traue ihm überhaupt nichts zu.

Ich habe Thórhildur nicht die ganze Wahrheit gesagt, als sie mich fragte, ob ich Sóley kennengelernt habe. Denn ich hatte sie recht gut kennengelernt.

In der Nacht, in der Hrafn starb, unterhielten wir uns das erste Mal richtig. Ich erzählte ihr von dem Versprechen, das ich ihm gegeben hatte. Sie fragte, ob ich wirklich auf die andere Seite der Welt gehen wolle. Als ich die Frage bejahte, schien sie erleichtert zu sein. „Das ist die beste Nachricht, die ich seit langem gehört habe", sagte sie. Ich hatte Hrafn versprochen, seiner Mutter erst von seiner Krankheit zu berichten, wenn er gestorben und begraben ist. Wir beschlossen in jener Nacht, dass ich ihr die Todesnachricht überbringe.

Sie wollte mir die Fahrt bezahlen. Sagte, das sei ihre Pflicht, denn ich würde für sie wie auch für Hrafn fahren. „Außerdem ist es sein Geld, das er bekam, als Ós verkauft wurde. Er hat sein ganzes Leben von dem Erlös gelebt, und immer noch ist eine ansehnliche Summe übrig." Ich nahm das Geld gerne an, denn genau das war mein großes Problem: Ich hatte kein Geld und auch keine Ahnung, wie ich diese Reise finanzieren sollte.

Die erste Patientin, die ich in meiner neuen Heimpraxis behandelte, war Sóley. Kári brachte sie an einem Sonntagabend zu mir, schlimm zugerichtet von einer Kuh im Stall.

Er musste sie aus dem Auto auf die Behandlungsliege tragen, denn sie konnte den einen Fuß nicht belasten. Sie meinten, das Bein sei gebrochen. Tatsächlich war ihr Schienbein angeschwollen, aber nicht gebrochen. Als ich Sóley auszog und sie rundum untersuchte, sagte Kári:

„Sieh mal, was dieses verdammte Vieh angerichtet hat!"

Tränen liefen ihm übers Gesicht. Es war wahrhaftig kein schöner Anblick. Sie sah schlimm aus, von roten und blauen Flecken übersät, auf den Armen, auf Bauch und Brust und auch auf dem Rücken.

„Vermaledeites Vieh", wiederholte er schluchzend immer wieder, während ich seine Frau von oben bis unten untersuchte. Und die ganze Zeit hielt er ihre Hand und strich ihr übers Haar.

„Verdammtes Vieh, es hätte sie fast umgebracht!"

„Ja, es ist lebensgefährlich, wenn es durchdreht", sagte Sóley. „Ich werde es wahrscheinlich schlachten müssen."

Thórhildur möchte keine Ausflüge mehr mit mir unternehmen. Stattdessen bleibt sie den ganzen Tag in dem Dachzimmer, und wenn ich abends nach Hause komme, finde ich auf dem Fußboden meines Zimmers besprochene Kassetten, die sie unter der Tür durchgeschoben hat.

Es ist schwierig, das was sie sagt, niederzuschreiben. Ich finde keinen Zugang zu ihr. Ich habe das Gefühl, das ist nicht sie selber, die da spricht. Die Kapitel scheinen nach Gutdünken gewählt zu sein. Sie berichtet unglaublich detailgetreu, als ob sie ihre Erinnerungen unter einem Mikroskop untersuchen würde. Ich kann die Hauptaussagen nicht finden und werde daher ihre Erzählungen einfach mit ihren eigenen Worten aufschreiben müssen und andere interpretieren lassen. Aber wen? Was denkt sie sich dabei, genau das zu erzählen? Möchte sie, dass Sóley etwas davon erfährt?

Ich werde plötzlich unsicher. Was mache ich hier eigentlich? Wird es Sóley guttun, davon zu wissen? Ich habe allerdings Hrafn versprochen, mir ihre Geschichte anzuhören. Und obwohl mir meine Mutter eingeschärft hatte, dass es eine der höchsten Tugenden sei, ein Versprechen einzuhalten, und Todsünde, es zu brechen, schüttelte sie nur den Kopf, als ich ihr sagte, wohin ich reisen wolle und warum. Es fiel ihr schwer zu verstehen, dass ich diese lange Reise antreten würde, um auf die Bitte eines sterbenden Mannes hin an die Geschichte dieser mir unbekannten Frau zu kommen. Dahinter musste doch noch etwas anderes stecken.

„Ein Mann?“, hatte sie gefragt. „Pass bloß auf, dass du nicht schon wieder in Schwierigkeiten gerätst!“

Ich erwähnte nichts von meinen Schriftstellerträumen. Dass ich vielleicht endlich eine richtige Autorin würde. Dass es da Material gab. Vielleicht wird es später einmal Leute geben, die sich an mich erinnern. Vielleicht werden dann auf zukünftigen Lesereisen alle ihre Fragen an mich richten. Und meine Bücher werden pallettenweise in die Buchhandlungen gekarrt. Vielleicht werde ich berühmt?

Aber werde ich jemals diese Geschichte veröffentlichen?

Eines Tages um Ostern herum, in meinem zweiten Jahr im Norden, rief Sóley mich an. Sie machte sich Sorgen um ihren Sohn Gudmundur. Er hatte Mumps und hohes Fieber. Ich fuhr zu ihnen, sobald ich konnte.

Wenn ich so darüber nachdenke, kam ich in diesen zwei Jahren nur auf Einladung nach Holt. Früher kam ich immer ohne Einladung. Ich kam einfach. Es war mein Zuhause, oder schien mir jedenfalls so.

Der Junge war wirklich schwer krank. Sein Hals war an beiden Seiten dick angeschwollen. Ich strich ihm die schwarzen, dicken Haarsträhnen aus der Stirn. Wie sie sich anfühlten, kam mir bekannt vor. Seine Stirn war heiß. Er sah mich mit seinen schwarzen, fiebrigen Augen an, die mir wie glühende Kohlenstücke erschienen.

Sóley kam ins Zimmer, setzte sich ans Kopfende zu ihrem Jungen und strich ihm übers Haar. Versuchte, dieses unbändige Haar auf dem Kissen zu glätten und sagte: „Er muss als erstes zum Frisör, sobald er wieder auf den Beinen ist. Er sieht ja aus wie ein Pferd, das das ganze Jahr frei herumläuft."

Ich betrachtete ihre rauhen Hände in seinem Haar und dachte, dass die viel eher in solche Haare gehören als meine. Sie erzählte mir, dass sie bisher ihren Kindern selber die Haare geschnitten habe, aber jetzt dürfe sie das nicht mehr. Und auch wenn sie dürfte, käme sie mit dem Schneiden gar nicht nach. „Ihre Haare wachsen so wahnsinnig schnell, besonders wenn sie in die Pubertät kommen. Dann wird das Haar so dick und wächst doppelt so schnell."

„Fühl mal", sagte sie und ließ mich sein Haar berühren. „Was sagst du dazu? Jetzt kommt für die Kinder nichts anderes in Frage, als sich beim Frisör die Haare schneiden zu lassen. Aber das ist so teuer. Als sie kleiner waren, war das alles kein Problem." Da ist sie mit den Kindern alle drei Monate in den Kuhstall gegangen und hat die ganze Bande mit der Schermaschine kahlgeschoren.

Ich gab Gudmundur fiebersenkende Schmerztabletten, und während wir darauf warteten, dass sie wirkten, setzten wir uns in die Küche und tranken einen Kaffee. Sóley sah müde aus, hatte die ganze letzte Nacht bei ihrem Sohn gewacht und natürlich am Morgen die Kühe versorgt. Sie kümmerte sich mehr oder weniger alleine um die Arbeit im Kuhstall. Kári machte alles andere sonst, und es war nie möglich, sich auf ihn zu verlassen, was die Arbeit auf dem Hof betraf. Die Lage wurde nicht besser, als er Krankenwagenfahrer war. Denn nun hatte er auch noch immer wieder mit Reparaturen zu tun. Erst gestern wurde er von jemandem aus der nächsten Landgemeinde angerufen und gebeten zu kommen, um einen Bagger zu reparieren, der eine Panne hatte und an einem Berghang festsaß. Von der Tour war er immer noch nicht zurück.

„Der Hof läuft auch nicht gut", sagte sie," wir kommen gerade so über die Runden." Kári war einfach kein Bauer. Und wenn es bei ihnen finanziell einmal ein

bisschen besser aussah, machte er irgendeinen Blödsinn, und alles ging wieder von vorne los. Dann erzählte sie mir von der Werksatt, die er gerade erst hinter der Scheune gebaut hatte. Sie war sehr aufgebracht. Sie hatte schon so oft mit ihm darüber gesprochen, dass der Kuhstall ein neues Dach brauchte. Mittlerweile traute sie sich kaum noch hochzuschauen, wenn sie im Stall war, vor lauter Angst, das Dach würde über ihr zusammenbrechen. Aber er sagte immer, das käme nicht in Frage, dafür hätten sie kein Geld.

„Dann fährt er doch eines Tages in die Stadt und kauft ein. Besorgt sich Material für ein Stahlgerüst, um ein Haus zu bauen und bekommt es noch am selben Tag nach Hause geliefert. Diese Werkstatt kostet seinen vierfachen Jahreslohn! Einfach drauflos zu kaufen, ohne sich vorher mit mir zu beraten! Wenn das keine eheliche Untreue ist, dann weiß ich nicht, was sonst!" Und die Hand, die die Kaffeetasse hielt, zitterte.

Das Fieber von Gudmundur war zurückgegangen, und ich sagte Sóley, dass ich am nächsten Tag wieder hereinschauen wolle, um zu sehen, wie es ihm ging. Ich war auf dem Weg nach draußen, als Kári in verschmiertem Overall und dreckigen Stiefeln hereinmarschiert kam. Sóley brauste auf und schimpfte ihn aus, sagte, sie habe gerade frisch geputzt. Er ließ sich von ihrem Gezeter nicht abhalten, zu ihr zum Küchentisch zu gehen, sie vom Stuhl hochzuziehen, sie an sich zu drücken und zu küssen. Er rieb sein Gesicht an ihrem Busen, als ob er an der Brust trinken wollte. Sie schob ihn von sich. „Was ist das denn eigentlich für ein Empfang?!", beschwerte er sich. Dann rief er mir hinterher, ich dürfe nicht gehen, ohne seine neue Werkstatt gesehen zu haben. Sóley wurde ärgerlich, als Kári sie fragte, ob sie nicht mitkommen wolle, es wäre doch an der Zeit, dass sie sich endlich die ganze Herrlichkeit anschauen käme. Es gehörte ihr doch genauso wie ihm. Aber sie fluchte noch lauter und rief, diese verdammte Werkstatt könne er ganz für sich alleine behalten.

Also ging ich alleine mit Kári nach draußen, um die Werkstatt anzusehen.

Ich betrachtete dieses neue Haus. Es hatte keine Fenster, aber an der Vorderseite waren hohe und breite Türflügel, so dass man mit großen Arbeitsmaschinen hineinfahren konnte. Drinnen war es warm und angenehm. Der Geruch von Metall und süßlichem Schmieröl lag in der Luft. In der Mitte des Steinfußbodens war eine Montagegrube, so tief, dass Kári aufrecht darin stehen konnte, wenn er an die Geräte von unten herankommen musste. Er strahlte vor Stolz, als er mir das erklärte. Er hatte seine Werkstatt bereits eingerichtet. Hatte alle seine Geräte und Werkzeuge in bestimmter Anordnung aufgehängt. Hatte die Umrisse jedes Werkzeuges auf die Wand gemalt, so dass leicht zu erkennen war, wo welcher Gegenstand hingehörte. Ordentliche Regale mit Ersatzteilen und unzählbar viele kleine Schubladen mit Schrauben und Muttern. Alles gut sortiert. An der hinteren Wand standen hohe Regale, die bis unter das Dach reichten, voller Schmierölflaschen, Gasbehältern und großen Ölfässern.

Das zeigte er mir alles breit lächelnd und sagte: „Auch andere dürfen sich eine Heimpraxis einrichten. Auch Leute, die kaum lesen und schreiben können." Er sah in seinem blauen Overall unter dem weißen Licht der Fluorlampen noch größer aus, als er war.

Er sagte, er könne nicht verstehen, warum Sóley sich so aufrege, wo er sich doch endlich einen anständigen Arbeitsplatz geschaffen habe und nicht mehr auf den Höfen wie ein Hund im Dreck liegen müsse. „In der Scheiße unter irgendeiner abgewrackten Karre. Gestern habe ich zum Beispiel fast vierundzwanzig Stunden an einem Berg malochen und einen Bagger in Dunkelheit und bei Minusgraden auseinandernehmen müssen. Nein, jetzt ist das vorbei, von jetzt an sollen alle mit ihren Fahrgeräten zu mir in die Werkstatt kommen. Sóley hat immer über alles bestimmt, was den Hof angeht, ich hatte da nichts zu sagen. Aber das hier ist mein Eigentum. Meine eigene Firma. Jetzt bin ich nicht mehr länger Sklave, sondern ein König in meinem Reich!"

Da konnte ich mich nicht mehr länger zurückhalten. Ich warf mich an ihn und stoppte den Wasserfall mit einem frechen Kuss. Er zögerte einen Moment, weil er eine solche Attacke wohl nicht erwartet hatte, aber dann umschlossen mich seine Arme. Ich wurde hochgehoben und hatte eine gute Übersicht über sein Reich, bevor wir in der Grube verschwanden.

Am nächsten Tag, als ich wieder hinüber fuhr, um nach Gudmundur zu sehen, war der Junge gesund, aber Kári war krank. Er lag im Bett, mit der Decke über dem

Kopf und stöhnte vor Fieber und Unwohlsein. Wie ein Troll, verstrubbelt im Bett. Der Hals unter den Ohren war dick angeschwollen. Sóley sagte: „Das ist typisch für Kári. Er ist nicht einen Deut reifer als die Kinder. Sogar die Kinderkrankheiten bekommt er immer noch."

Dann musste sie in den Kuhstall, und ich versprach ihr, mich in der Zwischenzeit um ihren Mann zu kümmern.

Ich sah an seinem Kopfkissen, was ich zuerst tun müsste. Ich füllte eine Waschschüssel mit heißem Wasser. Setzte mich an sein Kopfende mit der Schüssel zwischen den Knien, nahm seinen Kopf und tauchte ihn in das Wasser. Sein Haar war steif vor lauter Öl und Staub, so dass ich das Wasser fünfmal wechseln musste, bevor ich beginnen konnte, ihn richtig zu waschen. Ich verteilte Schampoo auf meiner Handfläche und verteilte es im Haar. Massierte dann die feste Kopfhaut gründlich und lange, die Ohren, den Hals und seinen Bart. Immer wieder. Die ganze Zeit hielt er die Augen geschlossen und schnurrte genüsslich wie ein Kater. Ich stellte die Schüssel zur Seite, nahm den Kopf in den Schoß und rubbelte das Haar mit einem weißen Handtuch trocken. Sein Haar war jetzt so sauber und weich, dass meine Hände gar nicht davon lassen konnten. Sie tauchten darin ein, wuschelten herum und wünschten sich, Förster in diesem dichten Wald sein zu dürfen.

Und als er dann später am ganzen Körper sauber war und in frischer Bettwäsche lag, mit dem Kopf auf einem sauberen Kissen, öffnete er schließlich die Augen und fragte mich, ob mir seine Werkstatt nicht gefallen habe.

Hrafn war zwölf Jahre alt, als er zum ersten Mal in seinem Leben eine harte Erfahrung machte. Und diese sollte weitreichende Folgen für die Familie haben.

Es war in ihrem zweiten Jahr dort, es war Frühling geworden, und der letzte Schultag war gekommen. Der Junge wollte seine Mutter nach der Schule in der Poliklinik besuchen. Aber sie war nicht da.

Von ihrem Behandlungszimmer aus konnte man direkt in die Garage gehen, wo der Krankenwagen geparkt war. Dort war er noch nie gewesen, denn das hatte seine Mutter ihm strengstens verboten. Das sei aus Sicherheitsgründen Sperrgebiet, denn wenn jemand die Garage betreten würde, der dazu nicht autorisiert wäre, würde die Alarmanlage angehen. Und darauf stünden hohe Strafen. Aber da seine Mutter gerade nicht im Behandlungszimmer war, konnte er der Versuchung nicht widerstehen. Er wollte nur einmal kurz in die Garage schauen.

Die Tür war nicht abgeschlossen, und bevor er sich versah, war er schon im Sperrgebiet. Keine Alarmanlage begann zu heulen, weshalb er unbekümmert weiterging. Der Krankenwagen stand mitten in der Garage, schön und poliert. Aber es kam ihm komisch vor, dass er ruckte und wackelte, denn es schien niemand darin zu sein. Er ging zu dem Wagen hin und äugte durch ein

Fenster hinein. Das Bild, das sich ihm bot, sollte sein Leben auf den Kopf stellen.

Zuerst konnte er nicht richtig erkennen, was da war, dachte, da seien Schweine oder riesengroße Giftschlangen, die sich ineinander verschlungen auf dem Boden des Krankenwagens wälzten. Das Bild wurde deutlicher, als seine Mutter plötzlich aus dem Knäuel auftauchte. Sie war nackt und bewegte sich schnell auf Kári aus Holt, der unter ihr lag und mit seinen Pranken ihre Brüste hielt. Und ihr Gesichtsausdruck!

Der Junge rannte völlig geschockt weg und war sich zuerst nicht bewusst, was eigentlich vor sich gegangen war. Aber dann wurde es ihm langsam klar und bereitete ihm unerträgliche Qual. Es machte die Sache auch nicht besser, dass Kári aus Holt einer der verabscheuungswürdigsten und widerlichsten Menschen war, die Hrafn sich vorstellen konnte. Vor allem, nachdem er Zeuge geworden war, wie Kári beim Schafabtrieb Gudmundur ins Gesicht getreten hatte. Er hasste und verachtete ihn, und dieses Bild von ihm und seiner Mutter grub sich in sein Gedächtnis ein. So begann er, sie genauso zu hassen und zu verachten.

Eines Tages hielt er es nicht länger aus und musste jemandem davon erzählen.

Der zweite Sommer war eine schwierige Zeit. Der häusliche Zustand war bedrückend. Hrafn war nicht wiederzuerkennen. Von einem Tag auf den nächsten hatte er sich von einem lieben Jungen in ein Ungeheuer verwandelt. Man konnte ihm nichts recht machen. Es war, als würde er mir aus dem Weg gehen. Ich durfte ihn nicht länger berühren. Er war mir gegenüber plötzlich aggressiv und unhöflich. Ich machte die Pubertät dafür verantwortlich; er war körperlich gesehen frühreif und bereits aufsässig, obwohl er erst zwölf Jahre alt war. Es ist hinreichend bekannt, dass auch die nettesten Kinder wie ausgewechselt sind, wenn sie diesen Lebensabschnitt durchlaufen. Der Beginn der Teenagerjahre wird manchmal „die Zeit der normalen Geisteskrankheit" genannt. Ich hielt mich an dem Wort „normal" fest, aber das half mir nicht, mich mit diesem Zustand abzufinden, denn die Aggressivität des Kindes richtete sich hauptsächlich gegen mich.

Seinem Vater gegenüber benahm er sich völlig anders. Ich hatte das Gefühl, dass er sich in gleichem Maße seinem Vater zuwandte, wie er mir aus dem Weg ging. Ottó küsste und umarmte er, während er mich beschimpfte.

Als ich mit Ottó über die Veränderung des Jungen sprach, hörte er mir still zu und fragte mich nach langem Schweigen: „Ist dir nicht klar, dass du die bist, die sich verändert hat? Alles, was du über Hrafn sagst, trifft auf dich selber zu. Seit wir in den Norden gezogen sind, hast du dich mehr und mehr von mir entfernt. Und jetzt ist es bereits so, dass ich nicht mehr weiß, ob wir überhaupt noch Eheleute sind. Unsere Beziehung ist wie bei Geschiedenen."

Da hatte er Recht. Mittlerweile war ich so weit, dass ich mir nicht mehr vorstellen konnte, mit ihm zu schlafen. Ich ekelte mich irgendwie davor. Das war in unserer Beziehung bisher noch nie passiert. Vielleicht waren unsere sexuellen Spiele langweiliger und seltener, als es üblich ist, aber manchmal hatten wir wirklich schöne Stunden zusammen gehabt.

Ottó ging meine Zurückweisung sehr nahe. Es fiel uns schwer, darüber zu reden. Besonders aber ihm. Er konnte sein Verlangen kaum mit Worten ausdrücken. Und wenn er es versuchte, verwendete er poetische Vergleiche, die ich nicht verstand.

Als er das letzte Mal versuchte, sich mir im Bett zu nähern, bemühte ich wieder einmal die alte Ausrede, dass ich zu müde wäre. Da wurde er plötzlich wütend, sprang aus dem Bett, zog sich hastig an und brach mitten in der Nacht zu einem Spaziergang auf.

Zwei Wochen später war er tot.

Mann kam bei Brand ums Leben

Kári Karlsson, ein achtunddreißig Jahre alter Mann, wohnhaft zu Holt im Nordurfjördur, starb gestern bei einem Brand in seiner Autowerkstatt. Der Brand wurde um 19.43 Uhr bei der Polizei gemeldet. Beim Eintreffen der Löschfahrzeuge stand das Gebäude lichterloh in Flammen. Es kam sofort der Verdacht auf, dass sich der Eigentümer darin befand. Es war schwierig, am Objekt zu arbeiten, denn viele entzündliche Stoffe befanden sich in der Werkstatt. Es gab keine Möglichkeit für den Löschtrupp, das Gebäude zu betreten, denn erst musste das Feuer durch Löscharbeiten unter Kontrolle gebracht werden. Außerdem musste die Scheune geschützt werden, die direkt neben der Werkstatt steht. Nach einigem Suchen wurde Kári Karlsson tot auf dem Boden der Montagegrube gefunden. Die Ermittlungen wegen des Brandes sind in vollem Gange. Die Garage war ein neues hundert Quadratmeter großes Stahlhaus. Kári Karlsson hinterlässt seine Frau und sechs Kinder.

Am vergangenen Sonntag, den 20. September um 19.43 Uhr, ging ein telefonischer Notruf bei der Feuerwehr von Nordurfjördur ein. Es wurde gemeldet, dass die

Autowerkstatt bei Holt in Flammen stand. Gleichzeitig kam der Verdacht auf, dass sich eine Person im brennenden Gebäude befindet.

Als der Notruf eingegangen war, fuhr ein Löschzug umgehend von der Wache zum Brandort. Gleichzeitig wurden sämtliche Feuerwehren der Nachbargemeinden alarmiert. Ein Krankenwagen wurde vom Kreiskrankenhaus angefordert, denn der Krankenwagen des Ortes war nicht einsatzbereit und man vermutete, dass sich der Fahrer in der brennenden Werkstatt befand. Der erste Löschzug kam 9 Minuten nach dem Notruf zum Tatort, andere eine halbe Stunde später.

Zwei Feuerwehrleute, die spezielle Rauchausrüs-tungen trugen, versuchten sofort, in das Gebäude ein-zudringen, was sich wegen der lodernden Flammen als völlig unmöglich erwies. Erst als alle Löschzüge am Ort waren, gelang es, das Feuer unter Kontrolle zu bringen, und die Rauchspezialisten konnten die Werkstatt betreten. Sie begannen sofort, den Mann zu suchen, der sich angeblich darin befand, aber entdeckten ihn zunächst nicht. Nach einigem Suchen wurde er auf dem Boden der Montagegrube gefunden. Es war kein Lebenszeichen mehr erkennbar.

Die Feuerwehrleute trugen den Mann hinaus. Die Angeklagte war ebenfalls anwesend und erklärte ihn an Ort und Stelle für tot. Hier handelte es sich um den Eigentümer der Autowerkstatt, Kári Karlsson. Zwei Kriminalpolizisten kamen zum Tatort, während die Feuerwehr im Einsatz war, und begannen, die Brandursache zu untersuchen.

Nach ihrem Bericht schien das Feuer von der Grube unter dem Pick-Up, der dort stand, ausgegangen zu sein. Sowohl dort befanden sich viele brennbare Gegenstände, als auch auf dem Pick-Up, der mit Farbdosen und anderem feuergefährlichem Material beladen war. Außerdem waren Ölfässer und Gaskartuschen auf den Regalen an der hinteren Wand der Werkstatt gelagert.

Die Kriminalpolizisten fuhren anschließend in die Poliklinik und untersuchten die Leiche des Verstorbenen, die dorthin überführt worden war. Im Bericht von Kommissar Gunnar Gudjónsson heißt es dazu:

„Die Leiche war sehr stark verbrannt. Das ganze Haar und der Bart waren abgeflämmt. Der Körper war unbekleidet, aber Kleiderreste wurden in einer Ecke der Grube gefunden. Außerdem wurden dort Reste von Gummistiefeln entdeckt. Eine Armbanduhr befand sich am linken Handgelenk und ein Ehering am linken Ringfinger. Da die Finger sehr verbrannt waren, wurden die beschriebenen Gegenstände nicht entfernt."

Am späten Abend des selben Tages fuhr Gunnar Gudjónsson wieder nach Holt, um mit der Frau des Verstorbenen zu sprechen. Sie lag im Bett, denn ihr

Gesicht war schlimm zugerichtet und der eine Arm bandagiert. Um sie herum saßen fünf ihrer Kinder und die Angeklagte. Gunnar begann sich mit ihnen zu unterhalten. Es stellte sich heraus, dass der Verstorbene am Vormittag seine Frau schwer misshandelt hatte.

Die Angeklagte sagte aus, dass sie wegen der Misshandlung nach Holt gerufen wurde. Sie sagte, dass sie die Wunden der Verletzten versorgt habe, aber dann zu ihrem Behandlungszimmer in der Poliklinik habe fahren müssen, um dort die Akuttasche zu holen. Kurz nachdem sie wieder auf dem Hof war, hörten sie, dass in der Werkstatt Feuer ausgebrochen sei.

Ich fuhr in den Norden und ging zu Hrafns Beerdigung. Káris Tochter Gudrun, die jetzt den Hof führte, lud mich ein, einige Tage auf Holt zu verbringen. Ich schlief in dem Giebelzimmer, in dem Hrafn gelegen hatte, bevor er in den Süden auf die Palliativ-Station gebracht wurde. Mir gefiel es dort.

Nachdem ich die Leute und die Umgebung, in der die Geschichte sich abgespielt hat, besser kennengelernt hatte, bekam ich erst wirklich Interesse, Thórhildur selbst zu treffen. Ich fuhr in die Kreisbibliothek und las das Urteil des Obersten Gerichts zum ersten Mal. Las alle Unterlagen immer und immer wieder, wobei das Urteil gleich mein Interesse weckte. Es schien ausschließlich auf Thórhildurs Geständnis zu beruhen, obwohl die Zeugenaussagen dem widersprachen. Da wurde mir klar, dass die Richter nicht die Erkenntnisse hatten, die ich inzwischen besaß. Denn ich war die einzige, die etwas wusste und noch mehr wissen musste.

Gudrun war mir gegenüber anfangs distanziert, guckte mich oft prüfend an, als ob sie versuche, meine Gedanken zu lesen und zu sehen, wieviel Hrafn mir erzählt hat. Aber je länger ich auf dem Hof war, umso mehr entspannte sie sich. Sie war ihrer Mutter sehr ähnlich, groß und dick und Mutter von sechs Kindern.

„Das Schlimmste ist, dass sie in genau die gleiche Situation manövriert wurde, wie ich damals, mit dem Unterschied, dass ihr Mann sie nicht schlägt“, sagte ihre Mutter einmal über sie.

Hördur, Gudruns Mann, ist ein besonders angenehmer Mensch. Ich fühlte mich in seiner Nähe wohl. Er war immer so aufmerksam und wollte alles für mich tun. Und die Kinder waren so nett, gesund und offen. Es machte Spaß, ihnen zuzusehen und festzustellen, wie ähnlich sie sich waren. Nur das fünfte Kind, die kleine Sóley, fiel aus dem Rahmen. Alle anderen waren Hördur wie aus dem Gesicht geschnitten, hatten dunkle, gelockte Haare, nur die Kleine hatte dunkelblonde, glatte Haare.

Die große Sóley und ich, wir verstanden uns gut. Sie wohnte nun in einer kleinen Wohnung im Dorf und arbeitete im Gefrierhaus. Sie kam oft abends herüber nach Holt, um zu erzählen. Wir sprachen meistens über Thórhildur. Nichts, was Sóley sagte, gab zu erkennen, dass sie von der Liebesbeziehung zwischen Kári und Thórhildur etwas geahnt hat. Falls sie doch etwas wusste, verbarg sie es gut. Aber damals wusste ich nur von dem einen Mal im Krankenwagen, dessen Zeuge Hrafn geworden war. Und es war völlig klar, dass niemand etwas von dem ahnte, was er mir zum Schluss gesagt hatte. Ich brachte es nicht über mich, ihnen davon zu erzählen. Noch nicht. Erst musste ich die Reise antreten und mehr erfahren.

Sóley wollte gerne über Ottó sprechen. Sie war ihm

sehr zugetan und fand es angenehm, nach schwierigen Stunden zu Hause nach Ós zu kommen und sich mit ihrem befreundeten Ehepaar zu unterhalten. Ottó war ein guter Mann, der sich liebevoll um seine Familie kümmerte. Er hielt den Haushalt in Schuss, machte alles, kochte und wusch. Sóley fand, dass Thórhildur ihn irgendwie nicht richtig zu schätzen wusste. Sie war manchmal so kalt und abweisend ihm gegenüber. Sie schien überhaupt nicht zu verstehen, dass es so vollkommene Ehemänner gab. Die Beziehung zwischen Vater und Sohn war besonders gut und innig gewesen.

Was für ein Schock für den Jungen, seine Eltern auf diese Art zu verlieren!

Ásgeir kam zu mir ins Bezirkskrankenhaus. Er berichtete mir, es gebe neue Hinweise zum Brand. Man gehe jetzt davon aus, dass es sich um Brandstiftung handelte. Außerdem habe man Sóley zu einem Verhör abgeholt und sie verdächtigt. Da war mir schlagartig klar, was ich zu tun hatte. Der Gedanke, dass sie ins Gefängnis müsste, war unerträglich. Auch wenn sie ihren Mann angezündet haben sollte, war sie in meinen Augen nicht die Schuldige.

Da bat ich Ásgeir, den Kripo-Beamten für mich anzurufen, denn ich müsste ein Geständnis ablegen.

Am Mittwoch, den 30. September, erhielt Kommissar Gunnar Gudjónsson einen Anruf vom Bezirkskrankenhaus. Ihm wurde mitgeteilt, dass die Angeklagte mit ihm zu sprechen wünsche. Gunnar fuhr ins Krankenhaus, und die Angeklagte erklärte ihm, dass sie Kári Karlsson umgebracht habe. Als Gunnar sie nach dem Grund fragte, antwortete sie, dass sie ihre Blutsschwester gerächt habe.

Die Angeklagte wurde dann drei Tage später, als die Ärzte der Meinung waren, dass sie gesundheitlich dazu in der Lage sei, zum Verhör auf die Polizeiwache bestellt. Der Bericht der Angeklagten beim Verhör lautete folgendermaßen:

Es war kurz nach fünf Uhr an jenem Sonntag. Ich war gerade bei mir zu Hause zur Tür herein gekommen, als Gudrun Káradóttir anrief und mich aufgelöst darum bat, umgehend zu kommen, ihre Mutter sei schwer verletzt. Innerhalb von fünf Minuten war ich bei ihr.

Sóley lag mit blutigem Gesicht, einer aufgeplatzten Lippe, angeschwollenen Augen und einer aufgerissenen Augenbraue im Bett. Sie erschrak sichtlich, als sie mich erblickte, drehte sich zur Wand und zog sich die Decke über den Kopf.

Gudrun, ihre Tochter, stand in der Tür, rief ihren Namen und bat sie, endlich die Wahrheit zu sagen. „Er war´s", sagte sie und fügte hinzu: „Papa hat sie so misshandelt, und jetzt ertrage ich es nicht länger, weiterhin bei diesem Versteckspiel mitzumachen." Dann lief sie davon und ließ uns beide allein.

Ich sagte nichts, zog aber vorsichtig die Decke weg. Sie lag zusammengekrümmt und hielt sich mit der rechten Hand den Magen, aber der linke Arm lag bewegungslos auf dem Laken, und ich sah sofort, dass er gebrochen war. Ich rollte sie vorsichtig auf den Rücken und bat sie, die Beine auszustrecken. Sie versuchte es, aber ich musste ihr helfen. Ich streckte vorsichtig ihre Beine, so dass sie gerade lag. Sie stöhnte sehr, als ich sie ausstreckte. Ich schob ihre Bluse hoch und sah die

Trittspuren auf dem Bauch. Sie sahen genauso aus und befanden sich an der gleichen Stelle, wie im Frühling, als die Kuh sie getreten hatte. Ich tastete den Bauch ab, wobei sie laut stöhnte. Und ihr Stöhnen wurde noch lauter, als ich den linken Arm anhob.

Ich gab ihr ein schmerzstillendes Mittel. Dann reinigte ich ihr Gesicht, klemmte die Augenbraue wieder zusammen und bandagierte den Arm, um ihn vorerst ruhig zu stellen. Ich sagte ihr, dass ich mit ihr ins Bezirkskrankenhaus zum Röntgen fahren müsste, wo der Arm sehr wahrscheinlich eingegipst würde. Aber meine Hauptsorge bestand darin, ob sie innere Verletzungen hatte und Organe beschädigt waren. Deshalb wollte ich sie umgehend an den Tropf legen. Aber dazu musste ich meine Akuttasche holen, in der sich Kanülen und Flüssigkeitsbeutel befanden.

Die jüngsten Mädchen waren zu Hause und kamen nur kurz einmal in das Zimmer, um nach ihrer Mutter zu sehen, aber da kam Gudrun und ging mit ihnen woanders hin. Weitere Bewohner waren nicht zu Hause.

Ich sagte Sóley, dass ich kurz in die Poliklinik fahren müsste, um den Tropf zu holen, den ich ihr anlegen wollte, bevor ich mit ihr ins Krankenhaus fahren würde. Ich bat sie, in der Zwischenzeit ruhig liegen zu bleiben. Ich fuhr nicht in die Poliklinik. Für mich war das erste, in die Werkstatt zu gehen. Dort war Licht an, und ich hatte den Verdacht, dass sich Kári dort aufhalten würde, denn ich wollte ihn nach dem Krankenwagen schicken. Ich sah ihn nicht gleich, aber dann fand ich ihn in der Montagegrube, unter einem Auto, das er reparierte. Er bemerkte mich nicht.

Ich blieb ein Stück entfernt stehen und betrachtete ihn. Lange, vielleicht zwanzig Minuten oder eine halbe Stunde lang, eventuell auch länger stand ich wie angewurzelt an derselben Stelle und fragte mich aufgebracht, was das eigentlich für ein Wahnsinniger sei? Er war in seine Arbeit vertieft, als ob nichts passiert wäre, nachdem er gerade seine Frau krankenhausreif geschlagen hatte!

Öl oder Benzin tropfte aus dem Auto in eine Tonne, die auf dem Boden der Montagegrube hinter ihm stand. Etwas tropfte auch auf ihn selber, aber er kümmerte sich nicht weiter darum. Da passierte etwas in mir. Ich hörte eine eindringliche Stimme, die mir einen Teil des Eides zuflüsterte: Auge um Auge - Zahn um Zahn. Es begann in mir zu brodeln, und ich verlor völlig die Kontrolle. Da sah ich eine Streichholzschachtel, die auf einem Regal in der Nähe lag. Ich war nicht mehr ich selber.

Oben an der Kante der Grube stand ein Eimer voller Öl. Und ehe ich mich versah, nahm ich ihn und schüttete seinen Inhalt über Kári, zündete dann ein Streichholz an und warf es brennend in die Öltonne unter dem Auto. Dann rannte ich hinaus und zurück ins Wohnhaus.

Als ich ins Zimmer kam, versuchte Sóley aufzustehen, doch ich sagte ihr, dass sie still liegen müsse. Aber sie machte sich Sorgen um ihre Wäsche, die draußen auf der Leine hing, denn es begann zu regnen. Da kam Gudrun herunter, und ich bat sie, hinauszugehen und die Wäsche für ihre Mutter hereinzuholen. Gudrun ging sofort los, und es vergingen kaum mehr als zwei oder drei Minuten, als sie schreiend hereinkam und sagte, die Werkstatt stehe in Flammen.

Ich habe die Wahrheit gesagt, als ich angab, direkt in die Werkstatt gegangen zu sein. Ich hatte Sóley gesagt, ich wolle in die Poliklinik, um eine Kanüle und den Beutel für den Tropf zu holen, aber ich fuhr nicht dorthin. Ich ging zu Kári. Ich hatte vor, ihn den Krankenwagen holen zu lassen. Ich fand ihn in der Grube. Aber er reparierte nicht gerade ein Auto, wie ich beim Verhör angegeben habe. Er saß auf dem Grubenboden und weinte. Er hatte eine Schnapsflasche in der Hand, die noch recht voll war und aus der er zwischen den Weinkrämpfen trank. Ich betrachtete ihn eine Weile. Da hätte ich ihn anzünden können. Aber die Wut und der Haß, die sich in mir aufgestaut hatten, als ich Sóleys Wunden versorgte, schmolzen hinweg wie Butter in der Pfanne, als ich dieses Bild des Unglücks betrachtete. Ich ging zu ihm hinunter, nahm ihn in meine Arme, wiegte ihn und weinte mit ihm über die schlechte Behandlung von Sóley. Anfangs war er untröstlich, aber als ich ihn an meine entblößte Brust angelegt hatte, beruhigte er sich, und nachdem er mich von oben bis unten abgeschleckt hatte, schlief er ein.

Ich zog mich wieder an und wollte ihn wecken, um den Krankenwagen zu holen, da hörte ich, dass jemand das große Tor öffnete. Ich eilte aus der Grube und konnte durch die kleine Seitentür verschwinden, bevor Sóley mich bemerkte. Mir wurde erst klar, dass sie es gewesen sein musste, nachdem Gudrun ins Zimmer gestürmt war und gerufen hatte, die Werkstatt stehe in Flammen.

Ich habe gelogen, als ich angab, dass Sóley im Bett gelegen habe, als ich wieder ins Haus kam. Richtig ist, dass sie nicht da war. Ich suchte sie überall im Haus und rief ihren Namen. Da kam Gudrun vom Speicher herunter und sagte, dass sie nicht wisse, wo ihre Mutter ist.

Kurz darauf hörten wir, wie sie durch die Hintertür hereinkam. Sie erklärte uns, dass sie eigentlich hinaus zur Wäscheleine wollte, um die Wäsche herein zu holen, denn es begann zu regnen, aber dass sie sich dann doch den langen Weg nicht zugetraut habe und zurückgekommen sei.

Ich fand ihre Erklärung, dass sie in ihrem Zustand an die Wäsche gedacht hatte, recht fadenscheinig. Sie konnte kaum laufen, ging gebeugt, und der eine Arm war gebrochen. Ein völlig anderer Fall war ihr Besuch in der Werkstatt. Ihr Hass und ihr Rachedurst trieben sie dorthin. Indem ich sagte, dass sie im Bett war, als ich wiederkam, gab ich ihr ein Alibi.

Bei späteren Verhören befragten sie mich oft zu diesem Detail. Aber ich hielt an meiner Aussage fest. Das mit dem Öleimer und dem Leck war wahr. Öl oder Benzin tropften von oben auf uns herunter und auf den Boden der Grube. Ich konnte das als Beweis vorbringen, als ich die Brandstiftung gestand. Ich zeigte ihnen die Kleidung, die ich an dem Tag anhatte. Ich hatte nicht daran gedacht, sie zu reinigen. Ich sagte, die Ölflecken seinen darangekommen, als ich Kári mit dem Öl aus dem Eimer übergoß.

Sie fragten mich, wie ich es mir erkläre, dass die Leiche nackt war, als sie gefunden wurde. Ich sagte ihnen, dass Kári seine Kleidung anhatte, als ich ihn anzündete, und ich fände es am wahrscheinlichsten, dass seine erste Reaktion war, sich die brennende Kleidung vom Leib zu reißen.

Auch Gudmundur Kárason kam selbstverständlich zur Beerdigung seines Freundes und Ziehbruders. Ich hatte ihn schon einmal gesehen, als er Hrafn auf der Palliativstation besucht hatte. Er war Seemann auf einem Trawler mit Gefrieranlage und hatte daher lange Fahrzeiten auf See.

Bei den ersten Malen, die wir zusammen sprachen, wirkte er in sich gekehrt oder sogar abweisend, als ob ich nach Dingen fragen würde, die mich nichts angingen. Er erwähnte oft, wie leid es ihm getan habe, dass er an Hrafns letzten Tagen nicht öfter bei ihm sein konnte. Er hätte ihn gerne bis zum Ende begleitet.

Er erinnerte sich gut an den Brand. Es war ein Sonntag, er war zu Besuch auf Ós und spielte mit Hrafn ein Computerspiel. Damals waren Computerspiele etwas völlig Neues, und nur wenige besaßen überhaupt einen Computer. Aber Hrafn hatte einen eigenen bei sich im Zimmer stehen. Alle Kinder aus dem Ort kamen gern nach Ós, um am Computer zu spielen. Hrafn war an diesem Tag irgendwie merkwürdig. Gar nicht so wie sonst. War zerstreut und konnte sich nur schwer auf das Spiel konzentrieren, das sie gerade spielten. Er ging immer aus dem Zimmer, als ob er nach etwas sehen müsste.

Später am selben Tag kam Thórhildur ins Zimmer

zu ihnen und sagte, dass sie noch einmal zu einem Krankenbesuch weg müsste. Sie wollte unbedingt, dass Gudmundur blieb und bei ihnen übernachtete. Er wollte es gerne, sagte aber, er müsse erst seine Mutter anrufen und um Erlaubnis bitten. Thórhildur wollte das für ihn übernehmen. Dann ging sie.

Am Abend kamen sie alle zusammen. Thórhildur brachte seine verletzte Mutter und seine Geschwister mit und berichtete, was sich ereignet hatte. Dann fuhr Thórhildur mit seiner Mutter ins Krankenhaus, und alle Kinder übernachteten auf Ós.

Als ich Gudmundur nach Ottó fragte, lächelte er und sagte, das sei ein ungewöhnlicher Mann gewesen. „Ganz anders als die anderen Väter. Er fuhr nicht Auto und kochte zu Hause immer das Essen. Er war ein sehr guter Koch." Er erinnere sich vor allem an die Pastagerichte, die Ottó gerne zubereitete, wenn er ihn zum Essen einlud. Er selbst habe noch nie Pastagerichte gemacht.

Aber an dem Abend, als die Werkstatt brannte, bekam er nichts zu Essen. Daran erinnerte er sich noch gut. Ottó schien nicht zu Hause zu sein, und Hrafn war kurz nach draußen gegangen, als Abendessenszeit war. Als er wiederkam, war er bis auf die Haut durchnässt, denn es regnete stark. Er fragte ihn, wo er gewesen sei, aber Hrafn antwortete nicht, sondern setzte sich direkt an den Computer und konzentrierte sich auf das Spiel, den ganzen Rest des Abends oder zumindest bis alle aus Holt herüberkamen.

Ich fragte ihn, wie Hrafn auf den Tod seines Vaters reagiert habe. Gudmundur sagte, er habe viel darüber nachgedacht. Sie hatten beide ihre Väter mit einer Woche Abstand auf furchtbare Weise verloren und hätten diese Erfahrung teilen können. Aber Hrafn wurde völlig verschlossen. Er wollte nicht darüber reden. Er weigerte sich, seine Mutter nach dem Autounfall im Krankenhaus zu besuchen, und schon gar nicht im Gefängnis.

Gudmundur erzählte, dass er manchmal versucht habe, das Thema anzuschneiden, aber Hrafn wäre dem immer aus dem Weg gegangen und hätte ihm deutlich zu verstehen gegeben, dass er nicht darüber sprechen wolle. Aber er war sich sicher, dass es für Hrafn ein riesiger Schock war. Vater und Sohn seien sich immer so nah gewesen. Er sagte, er sei immer wieder erstaunt über ihr gutes Verhältnis gewesen. Ottó kam oft zu ihnen, redete mit ihnen und wollte wissen, was sie gerade machten. Er umarmte Hrafn ständig, einfach so, und Hrafn schien das zu gefallen. Gudmundur hatte so etwas noch nie erlebt. Er konnte sich nicht daran erinnern, dass ihn sein Vater jemals angesprochen oder bemerkt hätte, außer, wenn er betrunken war, und dann sei er oft geschlagen worden.

In dem Jahr, als sie beide fünfundzwanzig Jahre alt wurden, beschlossen sie, ihren Geburtstag zusammen zu feiern und zu zweit auf eine Angeltour zu gehen. Plötzlich drehte sich Hrafn zu ihm hin, als sie da am Flussufer standen, und sagte, dass er ein

Geburtstagsgeschenk für sie beide habe. Das Geschenk war, dass er seiner Mutter vergeben hatte. Gudmundur hatte nie schlecht über Thórhildur gedacht. In seinen Augen war sie eine gute Frau. Und er hatte seinem Vater nicht nachgetrauert. Aber bei Hrafn war es anders. Er hasste seine Mutter. Gudmundur sagte, dass er diesen Hass schon vor dem Brand und dem Autounfall bemerkt hatte.

Ich sitze unten in der Küche und trinke meinen Frühstückskaffee. Aus dem Keller ist das pickende Geräusch von Lenas Meißel zu hören. Ich lese die Zeitung. Auf dem Titelblatt ist ein großes Bild von einem Mann, der mich anlächelt. Unter dem Foto steht, er sei gestorben. Er kam gestern bei einem Autounfall ums Leben. Das Gesicht kommt mir bekannt vor. Kein Wunder, denn der Mann war ein berühmter Schauspieler der Insel, erst sechsunddreißig Jahre alt.

Er war alleine in seinem Auto unterwegs, war hinauf in den Nationalpark gefahren und hatte die Straße genommen, die an der Abbruchkante entlang führt. Aus unerfindlichen Gründen hatte er die Absperrung übersehen, die eine Durchfahrt verwehren und den Verkehr umleiten sollte. Dort ist ein Stück Straße unbefahrbahr, weil die Felswand darunter vor ein paar Jahren bei einem Erdbeben eingebrochen ist.

Auf einer Luftaufnahme vom Unfallort kann man die Abbruchkante gut erkennen. Es ist dieselbe Straße, die wir neulich zur Touristeninformation gefahren sind. Sie schlängelt sich eine lange Strecke direkt an der Kante entlang und wird an der Stelle unterbrochen, wo die Straße eingesackt ist. Da ist die Absperrung, und ein neuer Straßenabschnitt beginnt. Er umrundet die

Einsturzstelle und vereinigt sich an der anderen Seite wieder mit der alten Straße.

Thórhildur erscheint plötzlich in der Küche. Ich bin überrascht, denn sie ist schon seit Tagen nicht von ihrem Dachboden herunter gekommen. Ich wünsche ihr einen guten Morgen, und sie grüßt leise zurück, ohne mich anzusehen. Sie hat ihr Strickzeug mitgebracht und setzt sich mir gegenüber an den Tisch. Sie beginnt zu stricken, bewegt dabei die Lippen: Eins, zwei, drei ... Sie kann ihren Takt nicht mehr einhalten, verzählt sich, muss wieder von vorne beginnen: Eins, zwei, drei ... Sie schafft es nicht, zwanzig Maschen am Stück zu stricken, verzählt sich ständig und hört dann plötzlich auf. Legt ihr Strickzeug zur Seite, entdeckt die Zeitung, die ich gelesen habe, sieht etwas Interessantes und zieht sie zu sich heran.

„Ist etwas nicht in Ordnung?" Lena ist aus dem Keller gekommen und starrt Thórhildur völlig verblüfft an. Aber Thórhildur sieht nicht aus der Zeitung auf.

„Ist etwas nicht in Ordnung?", fragt sie erneut und richtet ihre Worte an mich. Dann flüstert sie mir zu, dass Thórhildur sich in den ganzen Jahren noch nie in der Küche hat blicken lassen, außer am Neujahrstag, wenn sie ihr die Jahresmiete bezahlt hat. Und sie wisse ja gar nicht, dass sie auch Zeitung liest! Aber Thórhildur scheint Lena nicht wahrzunehmen, die sich hin und her wendet und jammert, es sei genug, eine sonderbare Ausländerin im Haus zu haben, und jetzt wären es sogar zwei! Dann rennt sie wieder hinunter in den Keller.

Ich schaue zu Thórhildur hinüber. Sie ist völlig versunken in die Nachrichten vom Unfall auf dem Titelblatt. Dann sieht sie auf und sieht mich unternehmungslustig an.

„Komm, wir fahren da hin“, sagt sie und steht auf.

Die Sonne steht am höchsten, als wir aufbrechen. Wir fahren hinauf in den Nationalpark und parken das Auto an der Touristeninformation. Wir nehmen eine Abkürzung durch den Wald und wandern einen schmalen Gehweg entlang.

Im Schatten der Bäume ist es kühl, aber als wir wieder auf die Straße kommen, brennt die Sonne, obwohl es erst Februar ist.

Nach ungefähr einer halben Stunde kommen wir bei der Absperrung an. Wir gucken sie uns näher an und sind uns einig, dass man sie überhaupt nicht übersehen kann. Starke Holzböcke, die sorgfältig mit „GESPERRT“-Schildern versehen sind, hindern einen an der Durchfahrt. Man muss einfach von der alten Straße abbiegen und auf der anderen Seite wieder auf sie auffahren, um weiterzukommen. Wir können an frischen Reifenspuren erkennen, dass jemand genau das getan hat. Wir folgen den Spuren bis zur Straße auf der anderen Seite, und nach vierzig bis fünfzig Metern haben wir die Einbruchstelle umrundet.

Wir stehen an der Kante des Abgrunds und schauen hinunter. Ganz weit unten kann ich das Stück Straße erkennen, das abgebrochen und in viele

Stücke zersprungen ist. Man kann immer noch große Asphaltstücke sehen, auf denen die weißen Streifen erkennbar sind, die die Fahrspuren trennten. Wir sehen allerdings keine Anzeichen eines Unfalls. Das Autowrack wurde schon entfernt. Auf den letzten Metern der Straße sind keine Bremsspuren erkennbar. Das Auto muss also mit vollem Tempo über die Kante geflogen sein. Was hat sich der Mann dabei gedacht, als er einfach die Absperrung ignoriert hat?

Thórhildur setzt sich auf die Kante und lässt die Beine baumeln. Ich lasse mich im Schatten eines Baumes nieder und betrachte sie von hinten. Über was denkt sie wohl nach, während sie da in der heißen Sonne sitzt?

Ich weiß nicht, ob es so viel ausgemacht hätte, wenn ich mich damals an das erinnert hätte, was mir jetzt wieder eingefallen ist. Mir hätte bestimmt keiner geglaubt. Alle wussten ja, dass immer ich es war, die fuhr.

Im Gerichtsurteil stand fahrlässige Tötung wegen Trunkenheit am Steuer. Ich war damit einverstanden, denn auch ich war der Ansicht, gefahren zu sein. Wenn man das Auto vom Meeresboden hätte bergen können, wäre herausgekommen, dass Ottó am Steuer saß. Er konnte zwar fahren, hatte aber nie eine Führerscheinprüfung abgelegt. Ich brachte ihm das Autofahren bei.

Als wir in Schweden wohnten, unternahmen wir oft lange Ausflüge übers Land, und ich fand es sehr ermüdend, immer fahren zu müssen. Ottó war eine Zeitlang damit einverstanden, Fahrstunden zu nehmen. Wir fuhren ein paar Mal zu fast unbefahrenen Plätzen, wo ich ihn unterrichtete. Aber aus irgendwelchen Gründen unternahm er nie den Schritt, die Fahrprüfung abzulegen. Es kam allerdings zwei- oder dreimal vor, dass er fuhr, wenn wir von irgendeiner Party kamen und ich etwas getrunken hatte. Aber nie, nachdem wir nach Island zurückgekommen waren.

Aber an diesem Tag, genau eine Woche nach dem Brand, als wir Hand in Hand zu unserem Auto gingen und unsere letzte gemeinsame Fahrt antraten, bot er plötzlich an zu fahren. Ich nahm das Angebot dankbar an, denn mir war klar, dass ich nicht in der Lage war, zu fahren.

Wir fuhren schweigend aus dem Dorf auf den Hammer zu. Ich erinnere mich noch, dass ich mich im Geiste darauf vorbereitete, was ich ihm sagen wollte. Dass wir weiterhin verheiratet bleiben sollten. Ich würde ihm alles erzählen und ihn bitten, mir zu vergeben.

Es fiel mir schwer, anzufangen. Ich wusste nicht, wo oder wie ich es anfangen sollte. Wahrscheinlich war ich über diesen Überlegungen eingeschlafen, denn plötzlich fuhr ich zusammen, als das Auto kurz rüttelte und ich in den Sitz gedrückt wurde, wie bei einem Flugzeug, das gerade abhebt. Ich erschrak und sah ängstlich zu Ottó hinüber.

Mit Vollgas, durchgedrückten Ellenbogen, weißen Fingerknöcheln am Steuer, den Kopf an die Kopfstütze gedrückt, mit zusammengekniffenem Mund und fest verschlossenen Augen flog er mit Höchstgeschwindigkeit in die Ewigkeit.

Die Zeugin Gudrun Káradóttir gibt an, dass sie von ihrer Arbeitsstelle im Gefrierhaus kam, als sie ihre Mutter auf dem Vorplatz liegen sah. Sie sagte, der Anblick sei schrecklich gewesen. Sie hatte Verletzungen im Gesicht, Nasenbluten, eine aufgesprungene Augenbraue und geplatzte Lippen.

Die Zeugin half ihrer Mutter aufzustehen und sich im Wohnhaus ins Bett zu legen. Direkt im Anschluss daran habe sie die Angeklagte angerufen und sie gebeten, umgehend zu kommen. Die Angeklagte war in kürzester Zeit da und begann sofort, die Wunden der Mutter der Zeugin zu versorgen.

Die Zeugin sagt aus, sie sei aus dem Zimmer gegangen, denn sie habe die beiden allein lassen wollen, damit sie zusammen reden konnten. Sie hoffte, dass ihre Mutter der Angeklagten die Wahrheit sagen werde, nämlich dass sie aufhöre, tretenden Kühen oder stoßenden Widdern die Schuld in die Schuhe zu schieben.

Die Zeugin gibt an, sie sei mit ihren kleinen Geschwistern ins Dachgeschoss gegangen und habe sie beruhigt, denn sie hatten Angst bekommen, als sie sahen, wie schlimm ihre Mutter zugerichtet war. Sie gibt an, dort eine Weile geblieben zu sein, länger als eine Stunde, vielleicht anderthalb.

Die Zeugin berichtet, dass sie die Mädchen gebadet, ihnen ihre Schlafanzüge angezogen und ihnen vorgelesen habe. Sie sei dann auf dem Weg hinunter in die Küche gewesen, um das Abendessen vorzubereiten, als sie die Rufe der Angeklagten hörte. Die Zeugin sagt aus, sie sei hinunter gegangen und überrascht gewesen, dass die Angeklagte ihre Mutter suchte, denn sie war der Meinung, die beiden seien die ganze Zeit zusammen im Schlafzimmer gewesen.

Dann ist die Mutter durch die Hintertür hereingekommen. Sie gab vor, dass sie die Wäsche hereinholen wollte, denn es habe begonnen zu regnen, aber sie habe dann auf halbem Weg aufgegeben und sei umgekehrt. Sie habe dann die Zeugin gebeten, die Wäsche für sie hereinzuholen.

Als die Zeugin bei den Wäscheleinen war, sah sie, wie Flammen hinter der Scheune in den Himmel schlugen. Ihr war sofort klar, dass die neue Werkstatt brannte.

Die Zeugin wurde gefragt, ob sie gehört habe, wie ein Auto gekommen und wieder abgefahren ist, während sie oben unter dem Dach ihren Schwestern vorlas.

Die Zeugin sagt aus, dass sie kein Auto bemerkt hat.

Die Zeugin wurde gefragt, ob sie möglicherweise überhört haben könnte, dass ein Auto den Hof verließ und wiedergekommen sei.

Die Zeugin fand das unwahrscheinlich, denn das Fenster des Schlafzimmers der Schwestern war dem Vorhof zugewandt, und sie hatte dort die ganze Zeit gesessen, während sie ihren Schwestern vorlas. Zudem war es dunkel, sie hätte das Licht der Scheinwerfer nicht übersehen können.

Die Zeugin wurde gefragt, wann sie die Schwestern gebadet habe.

Die Zeugin gibt an, sie habe damit sofort begonnen, als sie in die Dachetage gegangen waren, oder sehr bald, nachdem die Angeklagte gekommen war.

Gudrun fand es unangenehm, mit mir über den Brand zu sprechen. Sagte, dass sie seitdem Gewissensbisse habe, weil sie so an ihrer Aussage festhielt, kein Auto an jenem Abend bemerkt zu haben.

Sie wusste, dass das Urteil zusätzlich zu Thórhildurs Geständnis auf dieses Detail gestützt war. Das hatte Thórhildur nicht verdient. Sie war in der kurzen Zeit, die sie dort lebte, eine angesehene Ärztin. Die Bewohner der Gegend konnten es kaum glauben, dass sie Gudruns Vater verbrannt haben sollte. Gudrun sagte, dass sie schon damals daran gedacht habe, zu lügen und zu sagen, dass sie Thórhildur habe wegfahren und wiederkommen sehen, aber dann wäre sofort ihre Mutter unter Verdacht geraten, denn die hatte ja nun wirklich einen Grund.

Sie hatte erst später von dem Gerücht erfahren, dass Sóley Kári umgebracht hätte und Thórhildur aus unerklärlichen Gründen die Schuld auf sich genommen hätte. Gudrun fand das undenkbar.

„Das wäre für Mama nie in Frage gekommen. Wenn sie wirklich meinen Vater umgebracht hätte, würde sie nie anderen die Schuld dafür geben. Das ist hundertprozentig sicher."

Gudrun wollte mit mir viel lieber über Hrafn reden. Sie befragte mich eingehend über seine letzten

Stunden, sie trauerte sehr um ihn und gab offen zu, sie habe sich nicht getraut, ihn auf der Palliativstation zu besuchen.

Aber sie sprach nie offen oder indirekt über ihre Liebesbeziehung. Sie sprach über ihn als kleinen Bruder, und dass er derjenige der Geschwister gewesen sei, der ihr am nächsten gestanden hat.

Hrafn hatte mir einmal erzählt, wie er zum ersten Mal seine Sexualität entdeckt hat. Das hatte mit Gudrun zu tun. Da waren er und Gudmundur zehn Jahre alt und Gudrun sechzehn. Es war kurz nachdem er in den Norden gezogen war.

Er war zu Besuch auf Holt. Sie waren oben im Dachzimmer, das später sein Zimmer wurde. Im Zimmer gegenüber spielte Gudrun mit ihren beiden kleinen Schwestern. Die Tür war offen. Gudrun lag auf einem Sofa, und die Mädchen saßen auf ihrem Bauch und „ritten" auf ihr. Plötzlich zupfte Gudmundur an Hrafn und drängte ihn, sich das anzusehen. Sie schlichen näher heran und schauten in das Zimmer.

Da hatten die Mädchen Gudruns Pullover hochgeschoben, so dass die Brüste frei lagen. Die Kleinen kneteten sie, zogen an ihnen und piekten mit dem Finger hinein. Gudrun machte es Spaß, und sie lachte über ihre Neugier. Dann begannen sie, an den Brustwarzen zu saugen und waren ganz überrascht, dass keine Milch kam. Hrafn war von diesem Spiel wie hypnotisiert und bemerkte, wie ihm plötzlich merkwürdig heiß wurde. Aber Gudmundur lief zu ihnen hinein, drängelte sich an den Bauch seiner großen Schwester und wollte auch mal probieren.

Da setzte sich Gudrun eilig auf, schüttelte die

Kinder von sich ab, zog den Pullover wieder herunter und sagte, er sei schon viel zu alt, um Baby zu spielen. Hrafn fand es schade, dass das Spiel schon zu Ende war, bevor es richtig begonnen hatte. Und seitdem wurde ihm immer angenehm warm, wenn er an Gudrun dachte, und er überlegte sich oft, wie schön es sein müsste, bei ihr unter den Pullover kriechen zu dürfen.

Als Hrafn mir davon erzählte, ging ihm plötzlich auf, wie er Gudrun am besten charakterisieren könnte. Sie war vor allem Mutter. Als sie achtzehn Jahre alt war, bekam sie ihr erstes Kind, und Hördur zog zu ihnen nach Holt. Hrafn konnte ihn nicht ausstehen. Er fand ihn hässlich und langweilig und war der Meinung, dass er überhaupt nicht zu Gudrun passte. Daher wollte er sich bei Gelegenheit an ihm rächen.

Erst als er krank zu Hause auf Holt lag, lernte er ihn zu schätzen. Er brauchte viel Hilfe, und es war Hördur, der es übernahm, ihn zu pflegen, zu baden und ihm auf alle mögliche Weise behilflich zu sein. Da erkannte er, was für ein großherziger Mensch Hördur war, und er begann ihn zu mögen. Er war dankbar dafür, dass Gudrun einen so netten Mann geheiratet hatte.

Die Zeugin Sóley Gudmundsdóttir gibt an, sie sei auf dem Weg zu den Wäscheleinen gewesen, um die Wäsche hereinzuholen, als Kári auf dem Vorplatz erschien und sie rief.

Die Zeugin antwortete ihm zuerst nicht, denn sie war verärgert. Er hatte kurz zuvor, ohne sich mit ihr zu beraten, die Eheleute in Millionenschulden gestürzt, indem er auf Holt eine Werkstatt hinter der Scheune errichtet hatte. Er rief sie erneut und trat an die Zeugin heran, fasste sie am Arm und befahl ihr mitzukommen.

Die Zeugin riss sich los und ging weiter zu den Leinen. Kári ergriff wieder ihren Arm und befahl ihr mitzukommen. Die Zeugin fragte wohin. Zur Werkstatt, hatte er geantwortet. Es sei langsam Zeit, sie sich anzusehen und sich damit abzufinden. Aber die Zeugin sagte, dass sie nie einen Fuß in diese verdammte Werkstatt setzen werde und sich nur wünschte, dass sie abbrennt. Da sei er zornig geworden.

Die Zeugin beschreibt die gewalttätigen Übergriffe auf folgende Weise: „Er sprang mich an, schlug mir mit der geballten Faust ins Gesicht, riss mich am Haar und warf mich auf die Erde. Dann trat er mir ein paar Mal in den Magen. Ich versuchte, mich mit den Armen zu schützen, da trat er gegen die Arme und man konnte hören, wie der eine brach."

Danach verschwand er. Gudrun, die Tochter der Zeugin, entdeckte kurz darauf, wie ihre Mutter hilflos auf dem Vorplatz lag. Sie half der Zeugin aufzustehen und begleitete sie ins Bett. Dann rief sie die Angeklagte an, die innerhalb von zehn Minuten kam. Die Angeklagte habe sofort begonnen, die Wunden der Zeugin zu versorgen.

Die Zeugin gibt an, dass sie nicht mehr weiß, ob sie dabei miteinander gesprochen haben. Sie habe solche Schmerzen gehabt. Aber sie erinnerte sich daran, dass die Angeklagte ihr sagte, sie müsse kurz in die Poliklinik fahren, um einen Tropf zu holen, den sie intravenös legen müsse. Dann war die Angeklagte gegangen.

Die Zeugin wurde gefragt, ob sie gehört habe, wie das Auto der Angeklagten den Hof verlassen hat.

Die Zeugin sagt aus, dass sie es gehört hat, aber nicht mehr wüsste, wieviel Uhr es zu dem Zeitpunkt war. Aber kurz darauf habe es angefangen zu regnen.

Die Zeugin gibt an, dass sie den Eindruck hatte, sich von den Magentritten soweit erholt zu haben, dass sie sich hinaus traute, um die Wäsche hereinzuholen. Aber als sie den halben Weg zurückgelegt hatte, schaffte sie es nicht weiter und kehrte um. Auf dem Weg zurück habe die Zeugin das Auto der Angeklagten wieder vorfahren gesehen.

Als die Zeugin wieder herein kam, standen die Angeklagte und Gudrun im Flur. Die Angeklagte ging zur Zeugin und half ihr wieder ins Bett. Sie sagt aus, dass sie Gudrun gebeten habe, die Wäsche für sie hereinzuholen.

Die Zeugin sagte, dass kaum mehr als zwei Minuten vergangen sein konnten, als Gudrun zurückkam und berichtete, die Werkstatt brenne.

Die Zeugin wurde gefragt, ob der Verstorbene sie oft misshandelt habe.

Die Zeugin gibt an, dass er das während ihrer Ehejahre immer wieder getan habe.

Die Zeugin wurde gefragt, wie oft es vorgekommen sei.

Die Zeugin sagt aus, dass sie keine genauen Angaben machen könnte. Aber sie gibt an, es sei in den letzten zwei Jahren nur zweimal so schlimm gewesen, dass man es als Misshandlung bezeichnen könnte.

Ich hätte es nie für möglich gehalten, dass Sóley sich schlagen ließ. Diese große, aufbrausende und starke Frau. Als Kind hatte sie alle Jungen in der Schule locker in die Tasche gesteckt. Warum ist mir diese Wehrlosigkeit bloß vorher nicht aufgefallen?

Ich habe doch mit eigenen Augen gesehen, wie er sie bei den Schafspferchen geschlagen und wie er obendrein noch seinem zehnjährigen Sohn ins Gesicht getreten hat. Hatte ich wirklich keinen Verdacht geschöpft, als er mit der Schwerverletzten kam und vorgab, es sei die Kuh gewesen? Er sagte: „Sieh doch, was dieses verdammte Vieh mit ihr gemacht hat." Habe ich die Augen wissentlich davor verschlossen?

Zu dieser Zeit wurde viel über häusliche Gewalt diskutiert, wie verbreitet sie sei, aber dass sie im Verborgenen auftrat. Und wir Hausärzte trafen uns immer wieder auf Tagungen, um zu besprechen, wie man die Spuren von Gewalttätigkeiten erkennen könnte.

Ich habe einiges über die Persönlichkeit von Gewalttätern gelesen. Meistens sind das Menschen, die verhältnismäßig unreif sind und die Stärke eines anderen Menschen genießen. Ich würde Kári zweifellos in diese Gruppe einsortieren. Er war wie ein großes Kind. Oder wie Sóley einmal sagte: „Er ist so unreif, dass er sogar noch alle Kinderkrankheiten bekommt." Er genoss Sóleys Stärke.

Es blieb niemandem verborgen, dass Sóley wesentlich intelligenter war als Kári. Er hatte Minderwertigkeitskomplexe, weil er nicht lesen konnte. Er setzte sich bei Sóley ins gemachte Nest. Er hatte keine Ahnung von der Landwirtschaft. Ihm misslang so vieles. Aber er war ein guter Mechaniker. Er fand, dass er von Sóley erniedrigt wurde, als sie nicht zu ihm hielt, während er zu Hause seine Werkstatt errichtete und endlich „König im eigenen Reich" war.

In der Woche nach dem Brand, als ich die meiste Zeit bei Sóley war, wollte sie gerne über Kári sprechen. Sie sagte, dass er sie oft geschlagen habe, wenn er einen schlimmen Kater hatte. Dann war er misstrauisch, depressiv und reizbar. Einmal hatte er das ganze Wochenende gesoffen. Der Pferdeabtrieb war zu Ende, und ein großer Ball schloss das Wochenende ab. Wenn solche Großveranstaltungen stattfanden, war Kári immer mit dabei.

Ich fragte sie, ob sie nie daran gedacht habe, Kári zu verlassen. „Wohin hätte ich denn mit all den Kindern gehen sollen?", fragte sie seufzend. Kári hätte ihr nie eine Chance gelassen.. Er wäre ihr nachgekommen, wo auch immer sie hingegangen wäre. Und außerdem hatten sie auch ihre guten Tage. Er konnte so liebenswürdig sein. Besonders wenn er sie gerade geschlagen hatte. Dann war er völlig außer sich vor Trauer, weinte und flehte sie an, ihm zu vergeben. Diesen Momenten konnte sie nicht widerstehen. „Das waren unsere Stunden", hatte sie mir einmal gestanden. „Da liebten wir uns am heißesten.

Da ging es mir am besten. Warum sollte ich mir nicht wenigstens ein bisschen Leidenschaft im Leben gönnen?"

Am Hang des höchsten Berges der Welt ist ein Krater, in dem es die letzten zehn Jahre ständig zu unbemerkten Eruptionen gekommen ist. Die glühende Lava schiebt sich behäbig zum Meer und dort, wo die See sie in Empfang nimmt, steigt eine unglaublich hohe Dampfsäule zum Himmel. Der Lavastrom fließt zum Großteil unterirdisch, denn seine Oberfläche ist im Laufe der Jahre erstarrt.

Wir gehen jetzt oben auf der Kruste, mein Liebster und ich. Ich kann das tiefe Dröhnen unter meinen Füßen hören, fühle das Beben des Lavastromes und habe ein ungutes Gefühl. Mein Liebster sagt aufmunternd, es könne uns nichts passieren, wenn wir uns nur an den Rat der Geologen halten und nur die Stücke betreten, wo die Kruste am dicksten ist, und nicht in die Senken steigen.

Er macht so große Schritte, dass ich neben ihm herjoggen muss, um mit ihm Schritt zu halten. Wir kommen näher und näher an den Berg heran. Jetzt sind wir kurz vor dem seitlichen Krater angekommen. Dicke Rauchwolken bauschen sich wütend in der Luft zusammen, wo sie sich ab und zu verflüchtigen. In den Momenten kann man Flammen sehen, die dem Himmel böse die Zunge rausstrecken.

Mein Liebster ist so von der Großartigkeit der

Naturgewalten überwältigt, dass er sich kaum noch zu halten weiß. Er breitet die Arme aus, erzählt endlos in seiner Muttersprache, und ich verstehe überhaupt nichts. Seine Begeisterung ist genauso feurig wie der Lavastrom, auf dem wir gehen.

An einigen Stellen sind Risse in der Lavakruste, wie Risse im Eis. Mein Liebster will mir zeigen, wie die Wissenschaftler die Fließgeschwindigkeit des Flusses messen. Er findet einen Zweig und geht mir ihm zum nächsten Riss, der mitten in einer kleinen Senke liegt. Ich protestiere laut und versuche, ihn zurückzuhalten, werde aber von ihm mitgezogen. Wir sind der Öffnung schon so nahe gekommen, dass die Hitze bis zu uns reicht und sich durch unsere Kleidung beißt. Ich habe das Gefühl, lebendig gegrillt zu werden, will aber meinen lieben Fremdling auf keinen Fall loslassen. Jetzt traut auch er sich nicht weiter vor und bittet mich, gut aufzupassen. Er wirft den Zweig in den kochenden Lavastrom. Er schaut auf die Uhr und stoppt die Zeit und weist mich an, zum nächsten Riss knapp darunter zu schauen. Dort tritt plötzlich eine Rauchwolke zum Vorschein.

„Neun Sekunden!", ruft er begeistert und erklärt mir, dass der Zweig neun Sekunden gebraucht habe, um zum nächsten Riss zu treiben und dort zu verbrennen, als er wieder Kontakt mit Sauerstoff bekommen hat.

Dann will er den Abstand zwischen den beiden Rissen messen, um die Fließgeschwindigkeit zu bestimmen. Ich schreie und rufe, versuche ihn wieder davon abzuhalten, näher heran zu gehen. In dem Moment bricht etwas unter unseren Füßen, und wir schaukeln wie auf einem Floß. Da macht mein Liebster kehrt, nimmt meine Hand, und wir rennen so schnell wir können zur nächsten sicheren Kruste.

Bei jedem Schritt kracht es laut. Er rennt wesentlich schneller als ich, so dass er mich fast hinter sich herschleift. Also hebt er mich hoch und hält mich beim Rennen im Arm. Ich gucke über seine Schulter zurück und erkenne, dass sich von dem Sprung aus, wo wir den Zweig hineingeworfen haben, ein Riss gebildet hat, der uns nacheilt. Ich schließe die Augen und verstecke mich in der Halsbeuge meines lieben Fremdlings, denn ich möchte nicht mehr hinsehen, aber ich merke an der Hitze, dass der immer weiter aufklaffende Riss uns dicht auf den Fersen ist.

Mein Liebster galoppiert mit mir weiter. Dann merke ich, wie die Hitze sich langsam entfernt. Ich öffne die Augen und sehe, dass wir hinter einem etwas höheren Buckel von erstarrter Lava am Rande des Lavafeldes angekommen sind. Außer Gefahr.

Mein Liebster setzt mich auf einer Lavabank ab. Sie ist heiß und weich. Er lässt sich neben mich fallen. Er liegt auf dem Rücken, mit ausgebreiteten Armen, gespreizten Beinen, und der Brustkorb hebt und senkt sich vor lauter Anstrengung, und ich kann erkennen, wie sein Herz in Höchstgeschwindigkeit schlägt.

„Das war knapp“, sagt er, als er wieder sprechen

kann. Dann krabbeln wir den Lavabuckel hoch und werfen einen Blick auf die andere Seite. Die Hitze ist so stark, dass wir kaum erkennen können, was sich getan hat. Wir müssen einfach wegschauen. Denn der Sprung, an dem wir gestanden haben, hat sich wesentlich verbreitert, und die feste Kruste, auf der wir eben noch standen, ist im rotglühenden Lavastrom verschwunden.

Wir sagen kein Wort, drehen uns weg und gehen schweigend zum Auto. Er legt seinen Arm um meine Schultern und ich meinen um seine Taille, und wir drücken uns fest aneinander. Wir spüren das Gefühl der Gemeinsamkeit, das zwischen unseren Körpern fließt, weil wir dieser Lebensgefahr gemeinsam entronnen sind.

Weder Sóley noch jemand sonst aus der Familie zweifelte an Thórhildurs Schuld. Eine der ersten Begebenheiten, von der sie mir erzählte, war, wie sie versuchte, Thórhildur mit einer Falschaussage zu retten. Ihr ein Alibi zu geben, indem sie behauptete, das Auto fahren und wiederkommen gehört zu haben. Aber das habe gegenüber Thórhildurs Geständnis wenig bedeutet.

Ich fragte sie, warum sie glaubte, das Thórhildur Kári umgebracht hatte. Sie sagte, genau das sei die Frage, die sie sich selber schon die ganzen Jahre gestellt habe. Die Sache mit dem Schwur, die Thórhildur angab, glaubte sie nicht. „Das war doch bloß ein Unsinn gewesen, was ich als Schwur formuliert hatte, als ich zusammen mit ihr oberhalb der alten Kirche im Gras saß: Auge um Auge und Zahn um Zahn." Sie fand es völlig abwegig, dass Thórhildur sie für die Misshandlungen gerächt habe.

Sóley versuchte, eine andere Erklärung für das besondere Verhältnis der beiden Freundinnen von damals zu finden. Thórhildur hing sehr an Sóley, folgte ihr wie ein Schatten und wollte alles für sie tun. Wenn Sóley in der Schule gehänselt wurde, unterstützte und verteidigte sie sie, obwohl sie die Kleinste und Jüngste war.

In den ersten Jahren wurde Sóley manchmal von den Jungen ausgelacht, weil sie so groß war. Aber das gab sich schnell, als die Jungs merkten, dass sie ihr körperlich unterlegen waren. Aber wenn jemand Sóley ärgerte, rächte Thórhildur sie heimlich, still und leise, zum Beispiel, indem sie eine Reißzwecke auf den Stuhl des Missetäters legte, seine Gummistiefel mit Wasser füllte oder Matsch in seine Jackentasche füllte.

Aber es gab ein bestimmtes Ereignis, von dem sie mir erzählte, das zeigen könnte, wie sehr Thórhildur ihrer Freundin Sóley bedingungslos gehorchte und von dem sie meinte, das könnte möglicherweise ihr Verhalten erklären. Die beiden Mädchen waren damals zehn und elf Jahre alt.

Eine Leiche war in der Kirche bei Holt aufgebahrt. Es war Abend, und die Kinder saßen im Haus und spielten Karten. Thórhildur war auch dabei. Die Geschwister begannen sich zu streiten, wer von ihnen neben Sóley sitzen dürfte. Da sagte Sóley zu ihnen: „Wer sich in die Kirche wagt und sich traut, einen Nagel in den Sarg zu hämmern, darf neben mir sitzen." Als sich niemand bewegte, sagte sie, dass das wohl zeige, dass keiner von ihnen sie lieb genug habe. Da stand Thórhildur auf, zog ihre Jacke an und ging hinaus. Die Geschwister verfolgten gespannt, wie sie erst in die Garage ging, wo sie einen Nagel und einen Hammer fand, und dann zur Kirche schlich und darin verschwand.

Kurz darauf hörten sie das Hämmern. Und waren völlig baff, dass Thórhildur so mutig war. Dann hörten die Hammerschläge auf und die Kinder erwarteten, dass Thórhildur jetzt aus der Kirche geschossen käme, wussten sie doch, dass sie Angst im Dunkeln hatte. Aber sie kam nicht.

Als sich die Sache länger hinzog, begann Sóley sich Sorgen zu machen. Sie schlich an das Friedhofstörchen und sah, dass die Kirchentür offen stand. Sie rief hinein, aber bekam keine Antwort. Da bekam sie wirklich Angst. Sie überredete ihren Bruder Árni, der nur ein Jahr jünger war als sie, mit ihr zu kommen. Zusammen betraten sie mit wackeligen Knien die Kirche. Sie riefen Thórhildur, aber die antwortete nicht. Sie tasteten nach dem Lichtschalter und machten Licht an. Und sahen, wie sie bäuchlings quer über dem Sarg lag. Sie dachten, sie wäre tot. Sóley lief laut jammernd zu ihr. Als sie Thórhildur vom Sarg in ihre Arme ziehen wollte, ging das nicht, denn Thórhildur hing fest. Als Sóley genauer hinschaute, sah sie, dass die Jacke am Sargdeckel festgenagelt war.

Sóley erklärte sich den ganzen Vorgang so, dass Thórhildur sich in der Aufregung im Dunkeln am Sarg festgenagelt hatte, und als sie dann hinauslaufen wollte, glaubte, jemand halte sie fest und der Tote sei auferstanden. „Sie muss sich so erschreckt haben, dass sie in Ohnmacht gefallen ist."

Als sie wieder zu sich kam, war sie ganz durcheinander und wunderte sich, dass sie sich in der Kirche befand. Sie erinnerte sich nicht an das, was sich ereignet hatte. Sóley bat ihre Geschwister, Thórhildur nichts von dem Vorfall zu sagen. Sie hielten sich daran, und es wurde nie über das Vorgefallene gesprochen.

„Könnte es sein, dass der Schock, den Thórhildur am Sarg erlitten hatte, ihr einen bleibenden Schaden zugefügt hat? Dass sie bei bestimmten Belastungssituationen den Verstand verliert? Ich besprach diese Theorie mit Thórhildurs Anwalt. Er nahm diesen Hinweis ernst und sagte, wenn es möglich wäre zu beweisen, dass diese Erfahrung einen dauerhaften Einfluss auf Thórhildurs Psyche gehabt habe und sie zur Tatzeit vorübergehend geisteskrank gewesen sei, könnte es ihm gelingen, sie für schuldunfähig erklären zu lassen."

Aber bei der psychologischen Untersuchung kam nichts heraus, das diese These stützte.

Der Oberarzt der Psychiatrie im Bezirkskrankenhaus untersuchte den geistigen Zustand der Angeklagten auf Antrag der Kriminalpolizei und schrieb einen ausführlichen Bericht darüber. Dort heißt es zum psychischen Zustand der Angeklagten:

Die ganze Zeit über, während die Untersuchungsgespräche geführt wurden, war Th. H. völlig ausgeglichen. Sie dachte logisch, war kooperativ, konnte sicher Menschen, Zeiten und Orte benennen und war in jeder Hinsicht sehr realistisch. Die Suche nach klinischen Symptomen einer Geisteskrankheit war völlig erfolglos. Der Psychiater fand nicht einmal Andeutungen von Wahnvorstellungen, Illusionen oder Halluzinationen. Sie zeigte weder Paranoia noch Verfolgungswahn. Sie schien bedrückt, aber auch nicht in derart krankhaften Ausmaßen, dass man von einer Depression sprechen könnte. Auch eine Manie war zu keiner Zeit feststellbar.

Sie zeigte ebenfalls keine Symptome von Neurosen, weder Angstzustände noch Anzeichen von Hysterie. Der Psychiater hielt deshalb weitere Untersuchungen für nicht erforderlich.

Th. H. wurde drei psychologischen Tests unterzogen. Daraus resultierte, dass sie sehr intelligent ist und einen hohen IQ hat. Alle anderen Ergebnisse der Tests befinden sich innerhalb der Norm. Es wurden keine Hinweise auf Neurosen oder Psychosen gefunden.

Der Psychiater ist daher der Meinung, dass Th. H. zu jenem Zeitpunkt vollständig bei Verstand war und daher schuldfähig ist. Bei der genauen Durchsicht der Berichte, die von der Kriminalpolizei erstellt wurden, fanden sich ebenfalls keine Hinweise darauf, dass Th. H. in geistig verwirrtem Zustand war, als sie das erste Delikt beging. Das zweite Delikt kann direkt auf Trunkenheit am Steuer und Stress wegen des ersten Delikts zurückgeführt werden.

Im Frauengefängnis ging es mir gut. Nicht, dass es dort so schön war, aber ich fand es angenehm, aus meiner Umwelt wegzukommen. Das Gefängnis war für mich der bestmögliche Schutz. Ich hatte mir gewünscht, in Ruhe gelassen zu werden, und verbat mir alle Besuche, was bewilligt worden war.

Während der Zeit, die ich im Gefängnis verbrachte, waren wir meistens vier bis sechs Frauen, einmal sogar acht. Als wir jedoch nur zu dritt waren, bekamen wir einen männlichen Mitgefangenen. Es handelte sich um einen Bankangestellten aus dem Ostland, der Geld unterschlagen hatte. Er war zwischen vierzig und fünfzig, ein ruhiger Mensch, der sich im Gefängnis damit beschäftigte, für Freunde Steuererklärungen zu schreiben. Er war äußerst zufrieden damit, im Frauengefängnis zu sein, und meinte, es sei ein wesentlich angenehmerer Ort als das Staatsgefängnis in Eyrabakki. Er empfand es als Vorrecht, seine Strafe bei uns absitzen zu dürfen.

Die beiden anderen weiblichen Mitgefangenen versuchten ständig, mit ihm anzubandeln. Aber er wollte am liebsten in Ruhe gelassen werden, er war Familienvater und lebte für seine Besuchszeiten. Die Regeln des Gefängnisses besagten, dass wir einander nicht in den Zellen besuchen durften, aber es war uns erlaubt, uns woanders zu treffen. Einmal schlich sich eine der beiden in der

Nacht zu ihm. Das kam heraus, weil er den Wärter rief und darum bat, die Frau zu entfernen. Die Strafe für die Regelübertretung der Frau war, dass er nach Eyrabakki zurückgeschickt wurde.

Meine Mitgefangenen beschwerten sich ständig über die Zustände im Gefängnis. Sie fanden den Garten viel zu klein und fanden es unpassend, einen Kindergarten direkt neben dem Haus zu haben. Das einzige, was die beiden Gärten trennte, war ein Maschendrahtzaun. Manchmal hingen die Kinder am Zaun, zeigten auf uns und riefen: „Räuber, Räuber!"

Für mich war der Garten perfekt. Jeden Tag mussten wir eine Stunde im Freien verbringen. Wenn ich fünfzig Runden mit dem Uhrzeigersinn und fünfzig gegen ihn gegangen war, war die Stunde vorbei.

Nachdem sich meine Mitgefangenen lange dafür eingesetzt hatten, wurde ein Fitnesszentrum im Keller eingerichtet. Dorthin kam einmal in der Woche ein Yogalehrer. Es wurde auch Kunsttherapie angeboten, wo gebastelt und genäht wurde. Aber ich nahm nie an diesen Hobbykursen teil. Mir ging es in meiner Zelle am besten. Obwohl sie klein war, war sie genau richtig für mich. Ich konnte dort schlafen, sitzen und stricken, aufstehen und meine täglichen Gymnastikübungen machen. Mehr brauchte ich nicht.

Meine einzigen Kontakte mit den Mitgefangenen hatte ich, wenn sie sich wegen ihrer Hausaufgaben an mich wandten. Einige von ihnen nutzten die Möglichkeit, im Gefängnis einen Schulabschluss nachzuholen. Lehrer aus der nahen Oberschule kamen regelmäßig abends ins Gefängnis, um zu unterrichten. Diejenige, mit der ich am meisten zu tun hatte, war ein junges Mädchen, knapp über zwanzig. Sie war zu neun Jahren Haft verurteilt worden, da sie fünfzehntausend Ecstasy-Pillen ins Land geschmuggelt hatte. Sie war ein sogenannter Kurier. Sie stritt beharrlich ab, gewusst zu haben, was sich in dem Paket befand, das ihr anvertraut worden war.

Die Familie des Mädchens glaubte fest an ihre Unschuld und kämpfte engagiert für ihre Freiheit. Sie wiesen immer wieder auf die schreiende Ungerechtigkeit hin, sie zu einer gleich schweren Strafe zu verurteilen, wie die hartgesottenen Mörderinnen, die mit ihr im Strafvollzug saßen. Sie war ein hochintelligentes Mädchen, die ihr Abitur innerhalb von zwei Jahren schaffte. Ich sehe sie immer noch vor mir, wie sie mir am Tisch des Aufenthaltsraumes gegenübersitzt und andächtig meinen Erklärungen lauscht. Es war, als würde sie Wasser gegen den Durst trinken.

Im Gefängnis begann ich zu stricken. Es war tatsächlich so, dass ich mich in den ersten Wochen wortwörtlich für lebendig begraben hielt. Ich hatte das Gefühl, ich hätte eine tödliche Krankheit, und ich wartete ungeduldig darauf, dass sie mich auffrisst. Aber das geschah nicht.

Eines Morgens, als ich aufwachte, verletzt und beleidigt, weil ich immer noch lebte, hatte ich den Eindruck, dass etwas aus mir herauskriechen würde, aus allen Körperöffnungen und Schweißdrüsen. Ich war völlig leer. Ich konnte die Leere in mir spüren. Der

Selbstvernichtungstrieb hatte kein Interesse mehr an mir und verließ mich. Und da wurde mir klar, dass ich zwar nichts hatte, für das es sich zu leben lohnte, aber auch nichts, für das es sich zu sterben lohnte.

Ich hievte mich aus dem Bett, ging zum Waschbecken und holte mir etwas zu trinken. Ich wusste, dass ich das Wasser schluckte, aber ich spürte es nicht. Ich schaute in den Spiegel und sah mich, trotzdem fand ich, ich sei nicht vorhanden. Ich sprach mit mir im Spiegel und sah, dass ich die Lippen bewegte, aber es entstand kein Laut. Ich war ein Nichts geworden.

Wie eine lebende Tote schwebte ich zum ersten Mal, seit ich eingesperrt wurde, aus meiner Zelle und endete im Aufenthaltsraum. Am Fenster saß eine Frau in meinem Alter und strickte. Sie schaute nicht auf, als ich kam, wiegte ihren Oberkörper und bewegte ihre Lippen, als ob sie zählen würde. Ich setzte mich und sah ihr zu. Ehe ich mich versah, zählte ich mit, und mir begann es besser zu gehen. Das Gefühl der Leere verschwand, und ich bemerkte, dass mein Körper, oder besser gesagt meine Seele von etwas genährt wurde. Ich stand auf, ging zu ihr hin und fragte sie, ob sie nicht Stricknadeln für mich hätte.

Diese Frau musste genauso viele Jahre absitzen wie ich, da wir ein ähnliches Urteil bekommen hatten. Allerdings war dies schon ihr zweiter Gefängnisaufenthalt. Sie hatte im Abstand von zehn Jahren zwei Ehemänner umgebracht, indem sie ihnen ein Schlachtermesser in die Brust gerammt hatte.

Die Liebesbeziehung zwischen Hrafn und Gudrun begann im Sommer, nachdem er sein Abitur gemacht hatte. Sie hatte da schon vier Kinder. Er war ein paar Tage lang in Ferien auf Holt. Eines Abends unternahmen Gudrun und er zusammen einen Ausritt. Sie ritten der Mitternachtssonne entgegen. Sie nahmen den Weg, der über den Hammer führte. Der war erst kürzlich zu einem Reitweg umgestaltet worden, nachdem ein Tunnel durch den Berg gegraben worden war.

Es war einer dieser schönen Sommerabende. Der Himmel feuerrot, Abenteuer lagen in der Luft. Gudrun ritt voraus. Er betrachtete sie von hinten und fand es erregend zu sehen, wie sie von den Bewegungen des Pferdes immer wieder aus dem Sattel gehoben wurde. Sie hatte den langen, weiten Wollpullover an, den sie oft trug. In giftgrün. Sie trug einen Cowboyhut, und ihr Haar fiel in zwei dicken Zöpfen auf ihren Rücken, wo sie im Takt des Hufschlags tanzten.

Oben auf der höchsten Stelle des Hammers stiegen sie ab, banden ihre Pferde an, setzten sich an den Wegrand und schauten der Sonne zu, wie ihre letzten Strahlen das Meer am Horizont leckten. Gudrun griff unter ihren Pullover und zog eine flache Cognacflasche hervor, die sie zwischen ihren Brüsten aufbewahrt hatte. Der lauwarme Edeltrank rann weich die Kehle herab. Hrafn, der als Plegekind aufgenommen war, und seine Beinahe-Schwester waren gut drauf, sie erzählten und lachten, erinnerten sich an alte Zeiten, und der Flachmann wanderte zwischen ihnen hin und her.

Plötzlich brach Gudrun einen Satz mittendrin ab, guckte Hrafn mit ernstem Blick an und fragte: „Bist du dir eigentlich im Klaren darüber, wo wir uns befinden?“ Er verstand nicht, was sie meinte. Und sie erklärte ihm, dass sie genau an der Stelle säßen, wo seine Eltern vor ein paar Jahren vom Weg abgekommen waren.

Er erschrak. Ein eiskalter Schauer durchfuhr ihn, die Farben der Umgebung veränderten sich, wurden steingrau und fahl, und er begann zu zittern. Gudrun sah, was mit ihm los war, legte ihre Arme um ihn und drückte ihn lange und fest an sich. Langsam wurde ihm wieder wärmer, der Himmel wurde wieder rot und der Pullover grün. Er wusste erst wieder, wo er war, als er schon unter den Pullover gekrochen war. Und sie erlaubte es ihm, hieß ihn willkommen, indem sie ihre Arme aus den Ärmeln zog und ihn unter dem Pullover mit beiden Händen fest an sich drückte. Da war kein Halten mehr. Er vergrub sein Gesicht an ihrem Busen, saugte an den langersehnten Zitzen, atmete ihren Duft ein und gab sich Gudrun hin.

Dort am Wegrand erlebte er den wunderbarsten Moment seines Lebens, und kurz darauf den lebensgefährlichsten. Denn als der Höhepunkt erreicht und die Entspannung vorbei war und er unter dem Pullover hervorkriechen wollte, ging es einfach weiter. Gudrun, die unter ihm gelegen hatte, war plötzlich über ihm und dann sofort wieder unter ihm und über ihm – und wenn an dem Steilabhang nicht ein herausragender Stein sie gestoppt hätte, wären die beiden, in dem weiten Pullover zusammengekrallt, nach 500 Metern freiem Fall direkt ins Meer gestürzt.

Auf dem Heimweg sagten sie kein Wort. Ritten langsam nebeneinander her, hielten sich an den Händen, und ein gegenseitiges Verständnis strömte zwischen ihnen und ließ sie ihre Gemeinsamkeit spüren, nachdem sie sich gemeinsam in Lebensgefahr befunden hatten.

Danach kam er so oft nach Holt, wie er konnte. Er war völlig abhängig von Gudrun. Außer dem besonderen Genuss, den sie ihm gab, fand er bei ihr die Sicherheit, die ihm so lange gefehlt hatte. Er fand, er sei wie ein Embryo in ihrem Bauch, der von ihr genährt würde.

Diese himmlische Seligkeit währte zwei Jahre. Bis Gudrun auf einmal „Stopp" sagte. Bis hierhin und nicht weiter. Sie dürften das nicht mehr. Er glaubte ihr nicht und versuchte, sie umzustimmen. Da sagte sie: „Wir erwarten unser fünftes Kind, und ich muss mich dementsprechend verhalten."

In den nächsten Monaten war er völlig außer sich vor Trauer und Wehmut und wollte nicht mehr länger leben. Aber da begann seine Mutter, die er schon völlig aus seinem Gedächnis verbannt hatte, ihn heimzusuchen. Er sah sie auf einmal in einem ganz anderen Licht, und ganz langsam begann sich seine Haltung ihr gegenüber zu ändern; der Knoten in seinem Kopf entwirrte sich. Und mit der gleichen Kraft, wie der Hass in ihm rumort hatte, rumorte nun der Wunsch, ihr zu vergeben.

Das letzte Mal, als ich sie traf, war ich gerade aus dem Gefängnis entlassen worden. Ich hatte sie angerufen und um eine Begegnung gebeten. Wir vereinbarten, uns in einem Café in der Innenstadt zu treffen. Ich war schon vor ihr da und saß an einem Tisch am Fenster. Ich beobachtete, wie sie aus dem Taxi stieg, groß und umfangreich. Sie kam alleine. In einem schwarzen, langen Mantel, mit einem Hut. Ich hatte sie nicht mehr gesehen, seit sie mich in den Süden ins Gefängnis gefahren hatte.

Sie entdeckte mich, sobald sie das Café betrat, ging direkt auf mich zu und setzte sich mir gegenüber an den Tisch. Wir begrüßten uns nicht, sondern betrachteten uns lange gegenseitig, schweigend.

Ich brach die Stille, indem ich sie darauf ansprach, sie noch nie vorher mit Hut gesehen zu haben. Sie richtete den Hut auf ihrem Kopf und sagte, dass sie gar nicht verstünde, warum sie sich dieses Teil übergestülpt habe. Hüte seien aber gerade in Mode. Ich sagte ihr, dass ihr der Hut gut stehe. Dann kam wieder eine lange Stille. Sie sah aus dem Fenster, ich guckte sie an. Die Narbe an der linken Augenbraue war immer noch gut zu erkennen. Dann sah sie mich an, betrachtete mich eingehend und sagte: „Du siehst gut aus. Hast dich überhaupt nicht verändert." Und fragte mich, ob es mir im Gefängnis gut ergangen sei.

Sie legte ihre Hände auf den Tisch und begann wieder aus dem Fenster zu sehen. Ich legte meine Hände auf ihre, so dass sie sich ineinander verschränkten. Meine weiß und glatt, ihre rot und geschwollen. Dann fragte sie mich, wann ich fahren würde. „Morgen", sagte ich. Sie fragte, ob ich jemanden in New York kennen würde. Ich verneinte. Sie fragte, wo ich wohnen wollte. Ich sagte ihr, dass ich so lange in einem Hotel wohnen würde, bis ich entschieden hätte, was ich danach mache. Ich hätte keine feste Reiseroute geplant, wollte spontan entscheiden, wenn ich erst außer Landes sei. Aber ich würde ihr meine Adresse schicken, wenn ich einen Ort gefunden hätte, wo ich mich niederlassen könnte. Die sollte sie Hrafn geben, wenn er danach fragte.

Dann nahm ich einen Umschlag aus meiner Handtasche und reichte ihn ihr. Sie fragte, was in dem Umschlag sei, und ich antwortete ihr, es sei ein Scheck. Sie sagte, es käme überhaupt nicht in Frage, dass ich weiterhin für Hrafn zahlte, ich hätte schon genug bezahlt. Sie schob den Umschlag zu mir zurück. Doch ich sagte: „Dieses Geld gehört ihm. Ich habe Ós verkauft."

Ich liege in seinem kleinen Haus auf dem Sofa und sehe ihm beim Schreiben zu. Betrachte seine Hände auf der Tastatur. Bewundere seine beweglichen Finger, die wie Balletttänzer über die Tasten huschen. Ich finde, sie stehen im krassen Gegensatz zum Pullover, den er trägt. Er schaut konzentriert auf den Bildschirm, während er schreibt. Die Finger halten ab und zu inne, wenn er sich das Geschriebene noch einmal durchliest. Dann schaut er auf und guckt mit fernem Blick aus dem Fenster, während er den nächsten Satz formuliert. Ab und zu sieht er hinüber zu mir, und sein Blick wird dann so weich, dass ich dahinschmelze, während ich meinen Block auf den Knien habe und versuche, die Geschichte von Thórhildur zusammenzubasteln.

Ich habe sie ein paar Tage lang nicht gesehen. Ich benutze immer noch den Leihwagen und habe Gewissensbisse, dass ich ihn nicht längst zurückgegeben habe. Aber was soll ich machen, wenn es gut dreißig Kilometer Fahrt in den Nationalpark hinauf sind, wenn ich dahin kommen will, wo mein Liebster wohnt? Ich vergeude Sóleys Geld für ein Liebesabenteuer. Aber irgendeine Belohnung werde ja wohl auch ich bekommen dürfen.

In den letzten Tagen habe ich wenig geschrieben. Es fiel mir schwer, mich zu konzentrieren. Er nimmt allen Platz in meinem Denken ein. Zumal er groß ist und viel Platz braucht. Er dagegen hat keine Probleme mit dem Schreiben. Ich störe ihn überhaupt nicht. Er sagt, dass meine Anwesenheit ihn inspiriert. Er ist ja auch ein richtiger Schriftsteller, und ich bin nur eine Krankenpflegerin, die ein bisschen mit der Dichtkunst liebäugelt.

Wir sprechen nicht viel zusammen. Sein Englisch ist kaum besser als meins. Wir brauchen auch nicht zu sprechen. Wir verständigen uns mit unseren Körpern, die sich mittlerweile wirklich gut verstehen. Wir verbrachten die ganze letzte Nacht damit, uns gegenseitig von oben bis unten zu erkunden. Wir sagten kein Wort, erlaubten der Stille, unsere Tätigkeiten zu umhüllen. Und jetzt gibt es keine Stelle auf seinem Körper, die ich nicht geküsst habe, noch auf meinem, die er nicht geküsst hat. Es ist traurig, dass er schon abreist; ausgerechnet jetzt, wo sich unser Fleisch so gut kennengelernt hat.

Am Tag, als die Werkstatt brannte, fühlte sich Hrafn ganz besonders schlecht. Er war den ganzen Morgen alleine draußen gewesen, in seiner Not umherstrolchend, weil er nicht wusste, was er mit sich anfangen sollte. Er fühlte sich übel. Seine Mutter war ihm mittlerweile so zuwider, dass er seinen Ekel nicht mehr länger für sich behalten konnte.

Er ging nach Hause und traf dort seinen Vater an, der wie gewöhnlich an seinem Schreibtisch saß. Er setzte sich zu ihm auf den Schoß und kuschelte sich an ihn. Sein Vater strich ihm liebevoll übers Haar und fragte ihn, was er habe. Bevor es ihm klar wurde, hatte er es schon berichtet, und gleichzeitig wurde ihm bewusst, dass er einen schrecklichen Fehler begangen hatte.

Er würde nie in seinem Leben die Reaktion seines Vaters vergessen. Es war, als ob er dort, wo er saß, zu Stein geworden wäre. Sein Gesicht wurde hart, und seine Augen schienen aus dem Kopf hervorzutreten. Hrafn versuchte, ihn anzusprechen. Aber als er keinerlei Antwort erhielt, bekam er Angst und floh in sein Zimmer, völlig ratlos. Da kam Gudmundur zu Besuch und rettete die Situation, zumindest für den Augenblick. Hrafn versuchte zu vergessen, was er seinem Vater angetan hatte, indem er sich in ein

Computerspiel vertiefte. Aber die Miene seines Vaters wollte nicht aus seinem Sinn verschwinden. Er ging ab und zu nach ihm schauen. Der Vater saß nach wie vor an seinem Schreibtisch, erstarrt, ins Leere blickend.

Dann kam seine Mutter nach Hause, die aber umgehend einen Krankenbesuch abstatten musste. Sie lud Gudmundur ein, länger zu bleiben und bei ihnen zu übernachten. Dann ging sie. Kurz darauf hörte Hrafn ein Geräusch aus Vaters Zimmer. Der Vater hatte seine Jacke angezogen und war auf dem Weg nach draußen. Hrafn beschloss, ihm nachzugehen und zu sehen, was er vorhatte. Er folgte ihm bis nach Holt. Es war bereits dunkel draußen. Das Auto seiner Mutter stand auf dem Vorplatz. Ottó blieb beim Auto stehen, als ob er darüber nachdenke, sich hineinzusetzen, aber dann entschied er sich anders. Stattdessen ging er eine Runde um das Haus und äugte durch die Fenster. Dann versteckte er sich hinter einem Windfang, blieb dort stehen und wartete. Da sah Hrafn seine Mutter aus dem Haus kommen. Sie ging direkt auf die Werkstatt zu und hinein. Ottó bewegte sich nicht. Er blieb hinter dem Windfang verborgen, längere Zeit. Hrafn wollte schon fast aufgeben und zurückgehen, als sich sein Vater plötzlich bewegte und in Richtung Werkstatt schlich. Als er das Haupttor öffnete, überfiel Hrafn plötzlich eine Riesenangst. Er wollte nicht wissen, wie es weiterging, und rannte nach Hause zurück.

Gudmundur war so in das Computerspiel versunken, dass er Hrafns Verschwinden kaum bemerkt hatte. Hrafn versuchte, alles zu verdrängen, setzte sich zu ihm und spielte mit, hörte aber trotzdem, wie sein Vater nach Hause kam.

Später kam dann seine Mutter mit der verletzten Sóley und all den aufgeregten Kindern. Als sie Gudmundur und Hrafn zur Seite nahm und ihnen berichtete, was geschehen war, war der erste Gedanke Hrafns: Warum ist sie nicht mit verbrannt?

Ich fahre mit meinem lieben Fremdling zum Flugplatz und helfe ihm, sein Gepäck einzuchecken. Ich begleite ihn, soweit ich darf. Dann umarmen wir uns und beginnen zu weinen, beide. Ich muss ihm versprechen, dass ich ihm weder schreiben noch ihn anrufen werde. Er hat in seiner anderen Welt sein anderes Leben, zu dem ich nicht gehöre.

So habe ich keine andere Wahl, als ihn zu vergessen. Früher ist mir das immer innerhalb von drei Tagen gelungen.

Erst unmittelbar vor seinem Ende stöhnte er mit Schwierigkeiten das Geheimnis heraus: Wie sich alles abgespielt hat. Wer die Werkstatt angezündet hat. Von dem schweren Kreuz befreit, der einzige zu sein, der es wusste, war er so erleichtert, dass er anfing zu weinen. Als ich ihn fragte, wie er es sich erklärte, dass seine Mutter unschuldig die Schuld für den Brand auf sich nahm, hörte er auf zu weinen, und eine lange Stille trat ein. Ich glaubte, er hätte die Frage nicht verstanden, weshalb ich sie wiederholte. Da tastete er nach meiner Hand und suchte mit seinen blinden Augen meinen Blick.

„Ich habe dich gebeten, die Reise anzutreten und die Geschichte zu holen." Dann gab er zu, bisher nie daran gezweifelt zu haben, dass sie schuldig war. Sie hat zuerst seinen Vater betrogen und ihn dann umgebracht, obwohl das Urteil „fahrlässige Tötung" lautete. Er hatte die Gedanken an seine Mutter so sorgfältig ausgeschlossen, dass er darüber nie nachgedacht hatte. Aber als er ihr vergeben hatte, wurde die Frage, warum sie die Schuld an dem Brand auf sich genommen habe, immer dringlicher und schließlich zum Hauptgrund seiner Reise.

„Obwohl ich die Antwort selber nie erfahren werde, kommen andere nach mir, die das Recht haben, es zu wissen."

Dann war er eingeschlafen.

Ich hielt seine Hand in meiner und betrachtete ihn. Mir kam es vor, als ob er sich entfernte und seine Atemzüge flacher würden. Ich dachte, er sei dabei zu sterben. Trauer überfiel mich. Ich hatte meinen Gefühlen erlaubt, diesem Patienten sehr nahe zu kommen. Viel zu nahe. Er hatte mir so viel gegeben! Außer seiner Geschichte gab er mir mit seiner Gelassenheit gegenüber dem Schicksal eine Kraft, die mich, so scheint mir, zu einem besseren Menschen gemacht hat. Ich begann zu weinen, und meine Tränen tropften auf unsere Hände. Da öffnete er die Augen, sah zu mir auf, und ich glaube, dass er mich wirklich gesehen hat. Er zog mich an sich heran und flüsterte mir ins Ohr: „Bitte, sag meiner Mutter die ganze Wahrheit."

Dann schlief er wieder ein und wachte nie mehr auf.

Ich hatte keine Lust, mein Leben um hundertachtzig Grad zu ändern. Ich war damit zufrieden, wie es war. Aber was war an Kári so Besonderes gewesen, das mich so völlig aus der Bahn geworfen hatte? Wir hätten ungleicher nicht sein können. Wir hatten nichts gemeinsam, außer vielleicht Sóley. Wurde ich irgendwie vergiftet, als ich meine Jungfräulichkeit im weißen Buick verlor? Das erste Liebesabenteuer kann eine Frau bis ans Lebensende verfolgen und ihr zur fixen Idee werden. Aber ich vergaß Kári beinahe umgehend. Jedenfalls verschwand er nach der Abtreibung aus meinem Leben. Ich habe die ganzen Jahre nie an ihn gedacht. Hatte ihn völlig vergessen und erkannte ihn nicht, als wir uns zum ersten Mal wieder begegneten.

Immer, wenn ich in eine gewisse Nähe zu ihm kam, lief etwas in mir aus dem Ruder. Ich glitt in einen merkwürdigen Zustand ab, als wäre ich jemand anderes, war völlig von ihm eingenommen und erlebte jedes Mal diesen Taumel der Glückseligkeit, oder besser gesagt, ich vergaß alles um mich herum – es war, als ob ich in eine Art Trance gefallen wäre. Diesen Zustand erlebte ich nur bei Kári. Ich hatte einige Beziehungen hinter mir und war zwölf Jahre lang verheiratet, aber der Geschlechtsverkehr in diesen Beziehungen hatte einen ganz anderen Ursprung. Das war immer nur ein normales, „irdisches" Erlebnis.

Ich weiß, dass ich für Kári nur eine Frau unter vielen war. Wenn wir zusammen waren, machte es ihm Spaß, mir von all seinen Abenteuern zu erzählen. Er berichtete en detail von seinen Beziehungen mit den ehrenhaftesten Frauen des Landkreises. Er flunkerte dabei eine Menge, liebte anzügliche Bemerkungen und hatte eine große Klappe.

„Immer, wenn ich bei einer Frau landen kann, fange ich bei den Titten an, aber andere Männer greifen ihnen immer direkt an die Muschi", sagte er einmal.

Alle Frauen, von denen er mir erzählte, hatten irgendwie etwas mit Sóley zu tun. Waren ihre Freundinnen, Cousinen oder sogar Schwestern. Aber Sóley war seine Frau. Bei ihr konnte er all seine Bedürfnisse befriedigen. Ohne sie konnte er nicht leben.

Wir sprachen nie über uns beide. Weil das nichts gebracht hätte. In Worten hatten wir nicht dieselbe Sprache. Aber wir hatten dieselbe Körpersprache. Es begann immer nach demselben Muster: Ein unvorhergesehener Überfall ohne Worte. Ich verlor die Kontrolle über mich und ging auf ihn los. Und die Antwort ließ nicht auf sich warten. Wir fielen übereinander her. Atemlos eifernd traten unsere Körper gegeneinander an, wie in einem Wettkampf. Und es endete immer damit, dass er in einen tiefen Schlaf fiel und ich verschwand, ohne mich zu verabschieden.

Irgendeine Kraft aus grauer Vorzeit schien sich meiner bemächtigt zu haben. Aber als Kári gestorben war und das Gift meinen Körper verließ, sah ich die Welt in einem neuen Licht. Ich erkannte, dass diese Kraft, die sich jenseits meines Verständnisses befand und auf die ich keinen Einfluss hatte, nichts anderes war als ein tiefsitzender Instinkt. Dieser Instinkt hat mir alles genommen.

Indem ich nichts tat, um gegen diese primitive Kraft anzugehen, die jeder zivilisierte Mensch unter Kontrolle zu halten versucht, habe ich alle, die mir lieb waren, betrogen. Dafür musste ich mit dem Leben bezahlen.

Ich sitze an dem Platz, an dem ich meinen alten Maler getroffen habe. Ich hoffe ihn hier wiederzusehen. Er könnte mir helfen zu vergessen. Es ist schon fünf Tage her, seit mein Liebster abgereist ist, und ich habe ihn immer noch im Kopf. Ich habe mich verändert. Ich nehme das Leben nicht mehr so leicht wie früher. Vielleicht habe ich zu viel gehört. Ich komme mir völlig zerrissen vor. Vielleicht sollte auch ich anfangen zu stricken, wie Thórhildur, um zu vergessen und gleichzeitig mich selbst wieder Masche für Masche zusammenzufügen.

Ich habe über diese Kraft nachgedacht, diesen Urtrieb, der Thórhildur in die Tiefe zog. Diese Kraft, die ich Leidenschaft nenne. Wie sähe ihr Leben heute aus, wenn sie sich nicht so der Leidenschaft ausgeliefert hätte? Wie sähe mein eigenes Leben heute aus, wenn ich mich einmal gewehrt hätte? Ich kann mich nicht daran erinnern, dass ich es jemals versucht hätte. Zumal ich keinen Grund dafür hatte. Manch einer würde mein Verhalten als leichtlebig bezeichnen, meine Mutter nennt es problematisch.

Mein Maler kommt nicht. Vielleicht ist er nach Frankreich zurückgefahren, oder vielleicht ist er auch an Altersschwäche gestorben. Ich weiß nichts über ihn, ich habe ihn nicht einmal nach seinem Namen gefragt.

Die Band, die damals gespielt hat, ist nicht mehr da, statt dessen dröhnt ein lautes Discogekreische aus den Lautsprechern.

Jetzt fällt mir ein junger Mann auf, der am nächsten Tisch sitzt. Was ihn ausmacht ist, dass er keine besonderen Merkmale hat. Er bemerkt, dass ich ihn ansehe, kommt an meinen Tisch, und ich biete ihm einen Platz an. Schnell stellt sich heraus, dass er Deutscher, alleine unterwegs und gerade erst auf der Insel angekommen ist. Ich weiß nicht, ob es dieses durchschnittliche Aussehen oder seine Staatsangehörigkeit ist, was mein Interesse an ihm weckt. Oder vielleicht nur, weil er ein Mann ist, der eine Frau sucht. Wir können uns wegen der lautstarken Musik nicht unterhalten, und schon gar nicht zu diesem Lärm tanzen. Aber unsere Hände verschränken sich auf der Tischplatte. Nachdem eine ganze Weile ausschließlich unsere Finger miteinander zu tun haben, möchte ich auf einmal ausprobieren, ob es mir gelingt, mich dieses eine Mal nicht der Leidenschaft hinzugeben, mich stattdessen wie eine anständige Frau aufzuführen. Ich stehe auf und sage, dass ich jetzt gehen möchte. Er will unbedingt mitkommen und ich erlaube ihm, mich bis zu meiner Haustür zu begleiten. Freudig nimmt er das Angebot an. Nachdem wir am Haus angekommen sind und er auf der Schwelle noch eine Weile gebettelt hat, lasse ich ihn herein.

Es klopft an meiner Tür. Thórhildur steht davor und reicht mir den Kassettenrecorder. Sagt, dass sie weiter nichts mehr zu erzählen habe. Sie möchte nur wieder auf den Marktplatz. Ich begleite sie dorthin. Alle sind völlig aus dem Häuschen, als wir erscheinen.

„Die Pulloverfrau ist wieder da", höre ich ein Flüstern von einem Zelt zum nächsten. Die Verkäufer umringen uns und fragen erstaunt und alle durcheinander, was passiert ist, und betrachten Thórhildur sehr besorgt. Aber sie zuckt nur mit den Achseln und sagt, dass sie sich ein paar Wochen frei genommen habe. Geht in ihr Zelt und beginnt, ihre Pullover aufzuhängen, als ob nichts gewesen wäre. Die Leute bleiben weiter stehen und betrachten sie mit ernsten Gesichtern, doch dann löst sich die Gruppe langsam auf und jeder geht wieder seiner Arbeit nach.

Die Blumenfrau kommt zu mir und fragt mich, ob die Pulloverfrau krank gewesen sei. Sie sehe nicht gut aus. Sie scheine in den Wochen, die sie nicht da war, um Jahre gealtert zu sein. Dann berichtet sie mir, dass in der Zeit alles drunter und drüber gegangen sei. Ihre Blumen seien verwelkt, weil sie normalerweise dann gießt, wenn Thórhildur sich mit ihrem Wasserglas vor das Zelt setzt. Das Zelt des Nussrösters sei in Flammen aufgegangen, als seine Nüsse auf dem Grill anbrannten, denn er stellte ihn normalerweise aus, wenn Thórhildur mit ihrer Gymnastik anfing. Die Antikfrau sei viel zu spät nach Hause gegangen, um die Kinder vom Schulbus abzuholen, der Straßenkehrer konnte nicht mehr den Platz fegen. Und all das passierte, weil die Zeit in Person nicht mehr da war.

Ich gehe zum Stadthaus und kündige meinen Stand. Als ich wieder über den Platz gehe, bemerke ich, dass das Leben zu seiner festen Routine zurückgekehrt ist. Ich bleibe einen Moment stehen und schaue zu. Thórhildur sitzt im Zelteingang und strickt sich wieder zusammen, wiegt den Oberkörper in einem bestimmten Takt vor und zurück und bewegt die Lippen mit jeder Masche. Die Blumenfrau hat richtig gesehen. Sie ist eine alte Frau geworden. Ihr Haar, das vor einem Monat noch dick war und einen rötlichen Schimmer hatte, ist jetzt schlohweiß und dünn. Als sie die Nachricht vom Tod ihres Sohnes erhielt, lockerte sie den Griff, mit dem sie die Zeit festhielt. All die Jahre, die auf der Stelle gestanden hatten, kamen auf einmal angerauscht und überfielen sie, mitsamt den vielen anderen Jahren, die sie noch zu leben hat.

Eins, zwei, drei ... Sie hört plötzlich auf zu zählen, sieht zu mir herüber und sagt laut und deutlich:

„Bestell Sóley schöne Grüße.“ Dann strickt sie weiter. Achtzehn, neunzehn, zwanzig ...

Ich verlasse den Marktplatz, ohne mich noch einmal umzusehen und weiß, dass es für mich nichts anderes zu tun gibt, als nach Hause zu fliegen, obwohl ich die dritte Bitte nicht erfüllt habe. Obwohl es an eine Totsünde grenzt, das einem Sterbenden gegebene Versprechen nicht einzuhalten, erscheint es mir als eine noch größere Sünde, Thórhildur die Wahrheit zu sagen. Ihr zu berichten, wer wirklich die Werkstatt angezündet hat und ihr damit klarzumachen, dass sie wegen eines Missverständnisses die Schuld auf sich genommen und all die Jahre im Gefängnis verbracht hat.

Doch ich habe weder das Recht noch den Willen, die Einzige zu sein, die die Wahrheit weiß. Deshalb muss ich die Geschichte erzählen. Im Vertrauen darauf, dass sie Thórhildur nie zu Ohren kommt, aber dass eine kleine Holt-Sóley im Laufe der Zeit versteht, woher sie stammt und die wahre Geschichte ihrer Großmutter erzählen kann.

Nach ein paar Tagen Aufenthalt in Kopenhagen mit dem dazugehörigen „problematischen Verhalten", wie meine Mutter sagen würde, bin ich jetzt zu Hause in Island gelandet. Als ich die Gangway entlang gehe, regnet es stürmisch über der Reykjanes-Halbinsel.

Da stehen sie mir plötzlich gegenüber: Sóley mit ihrem schwarzen Mantel samt Hut sowie Gudmundur, ihr Sohn mit den schwarzen Locken. Sie sind auf dem Weg ins nächste Flugzeug. Sie berichten mir von den Neuigkeiten:

„Thórhildur Hrafnsdóttir wurde vor ein paar Tagen tot in ihrem Bett aufgefunden. War im Schlaf gestorben." Die Eigentümerin des Hauses hat sie angerufen und darüber informiert. Und weil Sóley mich nicht erreichen konnte, nimmt sie jetzt Gudmundur mit, um die Leiche zu überführen, denn sie möchte sie in der Heimat beerdigen. „Sie wird in einer Woche zu Hause in Holt begraben, neben Hrafn."

Dann eilen sie weiter den Gang entlang.

„Ich sollte dir schöne Grüße von ihr bestellen!", rufe ich hinter ihr her.

Weitere Bücher im
SALON *Literatur*VERLAG

WALTER LAUFENBERG: **Die Frauen des Malers**, Der erste umfassende Roman zum Leben des Malergenies Pieter Bruegel d.Ä. Ein spannendes Historienbild, das Roman und Zeitdokument in einem ist, mit eindrucksvollen Entstehungssequenzen der berühmtesten Bilder des Malers. 352 S., Pb mit Einklappern, Preis 15,50 EUR, ISBN 978-3-939321-09-5.

GÁBOR GÖRGEY: **Der Jagdteppich**, Der 2. Roman aus dem Zyklus „Der letzte Bericht von Atlantis". Der Held Àdám Topporczy erfährt in einer leidenschaftlichen Liebesnacht die wahre Identität seiner geliebten und erinnert sich der dramatischen Umstände – auch des ungarischen Volksaufsstands 1956 – die damit zusammenhängen. Ca. 220 S., Gebunden, Preis: 19,80 EUR,

ISBN 978-3-9809635-1-0.

GÁBOR GÖRGEY: **Sirene der Adria**, Der 1. Roman aus dem Zyklus „Der letzte Bericht von Atlantis" des vielfach ausgezeichneten ungarischen Schriftstellers. 2000 in Ungarn mit dem Buch-des-Jahres-Preis ausgezeichnet. Mit einem Vorwort des Nobelpreisträgers Imre Kertész. Ca. 250 Seiten, Gebunden, Riffelpapier, Preis: 19,80 EUR, ISBN 978-3-9809635-0-3.

CONRAD CORTIN / KARJA KORTIN: Herr **Benno Spazier** streift das Leben, Surreale Erzählungen, Herr Benno Spazier, der wunderliche Held dieser episodenhaften Streifzüge, ist in seiner naiv surrealen Art der Ingebriff eines vergnüglich gehaltvollen Müßiggängers. 212 Seiten, Geb., Preis: 15,80 EUR. ISBN 978-3-939321-03-3.

REGINA SCHREINER: **Die Geige** und andere Kurzprosa, Die Geige ist Zimmermanns große Hoffnung. Sie soll ihm später eine gute Zukunft ermöglichen. Aber seine Wirtin will sie gegen einen halben Zentner Kartoffel tauschen. Zimmermanns Zukunft steht auf dem Spiel. Er muss sich entscheiden. 157 Seiten, Geb., Preis: 14,80 EUR. ISBN 978-3-939321-05-7.

VERENA LIEBERS: **Nestel**, Roman, Portrait eines Außenseiters. Nestel, der Einzelgänger, lebt in seiner eigenen kleinen Welt. Als er einer jungen Frau das Leben rettet und sich in sie verliebt, gerät sein autistisch geprägtes Leben in Gefahr. Er muss Grenzen überwinden. 213 Seiten, Geb., Preis: 17,20 EUR. ISBN 978-3-9809635-2-7.

VERENA LIEBERS: **Das Schattenmädchen**, Roman über eine ungewöhnliche Liebe. Wer ist Nova? In Novas Körper wohnen noch weitere Personen. Ist eine solche Liebe möglich. Nur langsam wird das Geheimnis Novas sichtbar, bis Wahrheit, Befreiung und Tod auf dramatische Weise zueinander finden. 201 Seiten, Geb., Riffelpapier, Preis: 17,20 EUR. ISBN 3-9805759-4-2.

VERENA LIEBERS: **Kleine Welt**, Fünf Erzählungen, die einfühlsam und bewegend den menschlichen Alltag beschreiben. Mit der preisgekrönten Geschichte um Ignaz Püttering, den Mann, der für alles zu klein ist - sagt seine Frau. 170 Seiten, Gebunden, Riffelpapier, Preis: 13,50 EUR. ISBN 978-3-9805759-3-5.

F.W.FUNGARTE: **Zeit der Krebse**, Sieben exemplarische Erzählungen, z.B. „Sisyphus´ Traum“ - der Generalsekretär der Vereinten Nationen in der Rolle des modernen Sisyphus. 240 Seiten, Gebunden, Schutzumschlag, Preis: 16,50 EUR. ISBN 978-3-9805759-1-1.